就親親你 2
作者 Wankling
（วาฬกลิ้ง）
繪者 KAMUI 710
譯者 胡矇
HAPPY

目錄

數到十

我與納十尋求著彼此的嘴唇，僅僅是親吻，有時就能令人忘卻身旁的一切。之前納十被我推倒後，高眺的身材躺平在了床上，但在他挺身接觸到我的時候，他忽地抬起健壯的手臂環繞住我的腰，在我們嘴巴都沒有分開的情況下，順勢地翻轉上來，最後變成我躺在下方面對他。

納十的肌膚很熱，但是舌頭更燙。

「再上來一次。」

「……」

納十移動一下，側身靠在床頭，厚實的手輕輕地拍在他的腳上。「不是想要我嗎？」

「對……」

「那就再重新騎上來吧。」

他的表情以及語氣依舊很溫柔，卻揚起嘴角，好像有辦法迷惑人一樣。我猛盯著面前這個人，緩緩地把手放在他肩膀上，試圖要把屁股坐在他的大腿上，但在還沒有完全坐好之前，納十的手就握住我的腰，讓彼此緊密地貼在一起，另外一隻手臂則是緊緊地抱著我。

我們的下半身沒有空隙地相貼，當我一感覺到他的堅硬腫脹，瞬間臉色大變。

納十修長的手指輕輕地解開我的襯衫鈕扣。「脫掉吧。」

「……」

「想要別人，不用別人來教你怎麼做對吧？」

「當然。」

「喔……」

我把手從納十精壯的肩膀上抽回，脫掉自己穿在最外面的時尚西裝，手指輕微顫抖著。當我笨手笨腳地拉掉袖子的瞬間，面前的這個人僅僅是微笑著看我，他靜靜地坐著，好像是在看什麼有趣的事情一樣，讓我很想用力把西裝朝他丟過去。

接下來就是襯衫了，最後我的上半身終是一絲不掛，一股寒意立即襲來。一脫完衣服，我就停下動作，直到我看見納十的表情還有眼神似乎是在說「接下來要怎麼繼續呢？」，我暗自做了一個決定。

我腦子裡浮現曾經讀過的小說情節。

我伸出手去抓住面前這個人的手腕，然後將其舉起來貼在自己裸露的皮膚上。雖然是我主動，但是碰到的一瞬間還是嚇了一大跳，納十的手掌如同酒精在我的血液裡面發作一樣滾燙。

他指尖拂過我的乳頭，雖然只是一項用來分辨男女性別差異的身體構造，但不明白為什麼，我身體顫抖一下，不自覺地向後閃躲，卻立即被拉回來，與納十再次重新貼合在一起。納十健壯的手臂像是鐵做的安全帶一樣，緊緊地纏繞住我，讓我不敢再肆意亂動。

「不想要了嗎？」

「……」

「就這個程度而已嗎？」

「我……我只是嚇一跳。」我不曉得該怎麼辦才好，只好再次低下頭來與他接吻，發洩一下混亂思緒。納十也很順從地打開嘴巴，我們慢條斯理地舔吻著彼此。

「嗯……嗯。」

原本納十乖乖放在我胸口上的手開始移動起來，這一次，是納十自己移動的，在我還沒有心理準備之前，他用右手大拇指按住我左邊的乳頭。

他先是朝我的下唇舔了一口，接著往下移到了下巴，一想到我們的唾液交融在一起，無法區分彼此，就覺得有些奇怪。納十溫熱的舌尖滑到我鎖骨位置，又是舔舐又是親吻的，在寬敞的房間裡面都能清楚地聽見聲音。就在他抿嘴吸吮的時候，我感覺到陣陣的疼痛，緊抓住納十衣服的手差點就要把布料撕破了。

．

「十……」

不只有疼痛，還有像是坐雲霄飛車的那種快感，從小腹直達大腦。就在他舌尖輕柔舔弄著我乳頭的時候，他銳利的眼眸往上瞥向我的臉。

我臉頰忽地一陣灼熱。

光是感受到納十的視線以及這樣的接觸，腦袋就快要爆炸了。

「你……啊！」

我原本想要開口說些話，但是納十竟然在我還沒有準備好的情況下，張開溼熱的嘴含吮住我乳頭，我沒料想到這部位會這麼敏感，聲音驟然起了變化，不小心叫出來之後就緊咬著牙齒，耳邊是令人感到羞恥的口水聲以及吸吮聲。

「喔！」最後我還是叫出聲來了，因為那裡被牙齒嚙咬到而緊綳疼痛，我的指甲陷進肌膚裡面，想要發洩這股疼痛感。「痛……你為什麼要咬？」

「基因不是喜歡這樣嗎？」

「我沒有喜歡！」

納十濃眉揚起。「如果不喜歡，那麼這是什麼？」

他詢問的語氣像是在戲弄我，我不禁低頭往下看，接著就發現我褲子的拉鍊被拉下來，對方不曉得什麼時候把手放在那裡。我穿著一件黑色的四角褲，此刻，我下身勃起，都可以看見它的形狀了，完全赤裸裸地呈現出這次親密接觸的感受。

納十改以手指輕柔地環繞著那溼潤的地方，它越是被挑逗就顫抖得越厲害。

然而我……只能像是個笨蛋一樣睜大雙眼盯著看。

男人的身體也會流出溼潤的液體，我知道，全世界的男人都知道。我既然是個男人，當然也有幫自己處理的經驗，只不過怎麼也想不到，被男人觸碰時竟然會變成這個樣子。

「別……」

「抓」這個字還來不及出口，納十的手就已經緊密地貼在我那裡了，五隻手指輕輕地握住上面，接著緩慢地揉捏起來，時而輕、時而重。

「納……啊！」我無法克制住聲音的轉變，本來想要斥責的話語變成了呻吟。

我最敏感的那個地方被他不輕不重地掌握在手中，當他慢慢地上下移動之後，我就緊咬著牙齒，彎下身把額頭靠在他的肩頭上，除了要刻意掩飾我的表情之外，也覺得自己無法再撐起身體了。激情與困惑交織的攻陷，讓我很想要屈身把情緒發洩出來。

「嗯，啊……啊。」

納十的速度由慢變快，然後又猛然停止。一開始像是想要誘導我接近高潮，但是後來的趨緩，卻讓我原本快要噴發出來的東西硬生生地被壓制下來，如此反覆，直到我幾乎快要受不了了。

我的頭像是被胡亂地攪弄著，但實際上……我覺得我還沒有從醉意中清醒過來。

「脫一下褲子。」

那隻手無預警地停下來，我的臉漲得很紅，而且非常的躁熱。納十的聲音讓我抬起頭來看，但是這一瞥讓我難受地蜷曲，當我模糊不清的眼睛一對上眼前這個人的時候，他有些愣住。

他靠上來在我的嘴用力地親了一下。

「脫吧，是誰說想要我的，不是嗎？」

「……」

我依舊傻在那兒，納十見狀，把手滑下來撐住我的臀部，捏了一下驚動了我。「那你把屁股翹起來吧，等一下我幫你服務。」

或許是因為那個地方被納十抓在手裡控制著而產生感覺，又或許是因為這份醉意……再加上一些我也想不明白的事情，我竟然順從地聽從他所有的指示，最後整個身體一絲不掛。而對面這個人，身上的衣物卻還是完完整整的。

納十的臉頰貼著我的臉，當他的嘴脣接近我的耳朵時，我聽到了輕柔的笑聲。

「就算你覺得害羞，我也無法停下來了，都已經這個樣子了。」

納十所說的「這個樣子」，指的是我下體，因為當他一說完，滾燙的手又再次把它握住。

「啊……」

或許是因為它本來就很敏感了，再次被觸碰時，我皺起眉頭，臉色不太好，感覺灼熱到快要流下眼淚了。

「要先幫你嗎？」

「啊……嗯。」

「怎麼樣？」

對方的問題我完全聽不進去，既痛苦又難受，只能無意識地移動身體摩擦，大腦發熱到大幅降低了思考能力。

我覺得自己快要不行了……

見我不回答，納十沒有再繼續問，他乖乖地動著手，至於另外一隻手則是抬起來撫摸著我的嘴唇，然後漸漸鑽進我嘴裡，以食指還有中指輕輕地挑逗著我的舌頭。

我的情緒逐漸高漲……再高漲，當納十把手指抽出來之後，我就用力地咬著嘴唇，同時順著身體意願閉上雙眼，可是不到一分鐘又睜開眼。

「唔，啊！」

後方的敏感處突然間感受到指尖的觸碰，我嚇了一跳。

我立刻仰起頭，望向面前的這個人，我看見他銳利的雙眸靜靜地凝視著我，似乎是在確認我的表情。某種情緒衝到了高點，令人無法隱瞞，我搭在納十肩上的手緊繃地不斷顫抖，手指的力道不知道何時加重了，而納十似乎也感受到我的驚慌失措。

原本以為只有自己可以觸碰的位置，竟然被別人碰到了！

隨後納十將手指抽了出來。

我聽到輕柔的嘆息聲。

在意識還未清醒的情況下，所有的一切變得複雜又奇怪。

「納……十？」

「很可惜，我沒有潤滑液。」他露出笑意，雖然聲音依舊沙啞：「就先做到這樣吧。不過下次若還有機會，我是不會改變主意的。」

原本想要回嘴的話沒機會說出來，對方握住我下身的手重新動了起來，我的思緒再一次潰散，不只是因為這個，而是納十還抓起我的手放在他褲頭冰涼的拉鍊上。拉鍊被拉下來之後，他就立刻把我的手塞進去感受那份堅挺灼熱，它似乎已經忍耐很久了。

納十用手按著我的背，讓我更加向前貼合，另外一隻手則是同時握住我們兩個人的那裡，就這樣不停地摩擦撞擊，我除了時而抿嘴、時而發出呻吟之外，什麼事情也做不了。

我模糊的視線裡看到了那張帥氣的臉龐，好像在壓抑克制著什麼。

我移動身體，把嘴唇再度貼上納十的唇……

眼皮不曉得闔上了幾個鐘頭，才又慢慢地睜開來，印入眼簾的第一個景象，是臥室的天花板，圓形的燈泡也還是原來的那一顆，但是所有一切看起來都是模糊的，再加上一陣一陣的暈眩以及頭痛感，我選擇再次閉上眼睛。就這樣，雙眼開開闔闔兩、三次，仍舊覺得有睏意，所以打算再睡一下，但是……

等一下！

我瞪大眼，從床上彈跳起來，大腦的一小部分發出了警示的聲音。

昨晚……

我花不到一分鐘用力回想，所有的畫面統統湧進腦海裡，我一點一滴地回溯著過去發生的事情。我還記得跟大學時期的老朋友有約，因為阿哆說要請客，所以很暢快地多喝了好幾杯，在那之後，似乎是納十過來接我，但怎麼回到家、什麼時候回到家，具體內容想不起來。我依稀記得他手忙腳亂地把我帶進房間，然後……

「我想要你。」

「幹……」

我的臉色蒼白。

酒精容易使人迷惑，就像是介於真實與夢境之間，但也不是想不起任何事情。我喝醉的時候，大腦似乎無法控制住身體，因此內心深處的焦慮以及想法毫無保留地表露出來，我對初稿的性愛場景有壓力，然後就發洩在納十身上……我把他推倒在床上。

我到底做了什麼？

不管回想幾次都不敢確認，我和納十之間到底發生了什麼事情？當我一壓在他身上，我們兩個人就這樣子睡著了嗎？肯定是這樣，不應該會發生什麼超出範圍的事情吧？

沒有……對吧？

我自己是絕對沒有被做了什麼，因為在移動或者是起身的時候，感覺不到什麼疼痛，至少我能確認，我一切完好如初，但是……納十呢？

我驚慌失措地待在床上，直到有人喊我的名字、讓我嚇了一跳，這才發現房門被打開來了。

「基因先生。」

身材勻稱高䠷的納十穿著輕便的衣服走進來，那張帥氣的臉上依舊像往常一樣只有淡淡的笑意。

「為什麼露出這種表情呢？」

就在納十微笑的時候，我反而一副像是看到鬼的表情，越是被這麼問，就越是不知所措。

我冒了一身冷汗，眼球左右來回快速轉動，納十忽地跨步走過來，一屁股坐在床上，與我相距不到幾公分的距離，那雙銳利的雙眼明目張膽地盯著我審視了將近一分鐘。在那之後，由於他突然伸出一隻溫熱的手貼在我的臉頰上，我又再次被嚇到僵直了身體。

「覺得身體不舒服嗎？」

「有一點頭痛。」我反射性地回覆。

「那先吃點東西之後再吃藥吧，我去拿給你。」

「等一下！」

當我回過神，已經伸出雙手去抓住納十的手臂了，因為有一點焦急，所以使了很大的勁，讓對方往後退了半步。

「嗯？」

納十揚起濃眉盯著我瞧，反觀我只是瞥了對方一下之後就別開眼神。

「嗯，昨天晚上……」

「嗯？昨天做了什麼嗎？」

「昨天在……」

一時之間我也不怎麼肯定了，我抬起頭看著納十，發現他銳利的眸子裡面清楚地閃著饒富興味的情緒。

「昨天晚上……沒有什麼問題對吧？」

「問題？」他挑起一邊眉毛。「什麼樣的問題呢？」

「問題就是問題，我跟你之間的問題。」

「沒有，完全沒有問題。」

「意思是說我沒有對你做什麼，你還是完好如初？一切如常？」

「……」

當我問到這裡，納十卻忽然沉默不語，我原本比較有起色的臉又再次垮了下來。「為什麼不說話？沒怎樣就快點回答說沒怎樣，我沒有對你做什麼事情對嗎？」

拜託了！請回覆我說，我沒有強暴你！

「如果問的是做了什麼……其實沒有。」

「啊……」

「但是基因先生已經抓過我的那裡了，而且還強迫我接吻好幾次。」

「幹！」我還沒來得及放心吁出一口氣，旋即轉頭大聲咒罵，原本抓住對方手臂的手如同碰到發燙的物體一樣，立即彈了開來。

抓過那裡？強迫接吻？

我跟這個傢伙……

我瞥視自己「抓住人家那個地方」的手，就好像是在看著愚蠢的身體構造一樣。

最後，我努力地控制嘴巴說道：「抓……抓住那裡，對男人來說應該沒有什麼問題吧？」

「……」

「我是男人，你也是男人，我自己也不記得發生過什麼事情，不用太過在意——」

「當然會在意。」

自我安慰的話硬生生地被阻斷。

「如果是基因先生，被別人抓住那裡難道不會在意嗎？」

這個情況搞得我啞口無言，忍不住反思他所說的話，若是發生在我身上會怎麼樣。

沒錯，我一定會在意的。這個世界上不曉得有多少男人在和男性友人看

ＡＶ的時候，敢在旁邊自慰或者是幫對方打手槍，但我是做不到的那一方；就算未來交了女朋友或者是有老婆了，我應該是讓她幸福的那個人，不需要她來幫忙觸碰我的小老弟。

就算心裡百分百想這麼回答，但由於不想要讓這個孩子想太多，所以嘴巴說的又是另外一回事。

「我不會在意……」

「基因先生的表情說明了會在意喔。」

「好啦！實際上我會在意，然後我就會把抓著我小老弟的那個人抓起來揍一頓。為什麼那個時候你不揍我啦？把我的嘴打到歪掉，然後把我踹到無意識也可以，只要那樣做不就結束了？」

這次馬上換成納十的眉頭打結。「我怎麼可能會那麼做？」

「為什麼做不到啊？」

就算甦醒過來之後會疼痛，但也好過醒來之後發現自己去強吻、去抓哪個人的小老弟是吧？

「我不想要讓基因先生的臉受傷。」納十邊說邊把手貼在我的臉頰上，那雙銳利的眼眸順著他的指尖垂下來，看向他輕柔撫摸的那個位置的肌膚。

然後他又輕輕地按壓。「如果真的下手會很痛的，你忍受得了嗎？」

「受得了！」

「但是我受不了。」

我露出一副古怪的表情，拉開他的手。「你又不是被揍的那個人，在那邊受不了……」

「看到基因先生疼痛，就算只是一點點我也會受不了。」

「……」

「還有一件事情……如果基因先生跑去報案，我不就會被罰了嗎？」

「重點是你沒有揍我啊。ＯＫ，夠了，我想我們回到原點比較好，總結就是……這件事情是我的錯，對不起，但是事情已經發生了，它也回不去了。」

「這麼說的意思是……基因先生不想對我負責了嗎？」

「為什麼一定要負責啊？是要對哪件事情負責？」

納十動了一下嘴，那張帥氣的臉龐向我靠過來，距離近到我得向後移動。想到我把對方推倒在床上的畫面，忍不住滿臉發熱。

納十低沉輕柔但是緩慢的音調，聽起來像是正在誘騙我：「也就是基因先生抓我那邊的事情呀。」

「那需要……負責任的嗎？」

「別人我是不曉得，但是我會介意。」

「你會介意？」

幹，這根本完全不可能啊！納十的回答令我瞠目結舌，就像突然之間有人拿了一億元給我一樣。

「對，我介意。」

「唔……」我說不出話來，如果是平常的情況下我早就笑出來了，但是現在我只能不敢置信地上上下下檢視面前這個人。「你自己也是男人，怎麼會像個女人一樣介意這種事情？更何況我們兩個都是男人。」

說到這裡，我的表情又凝重起來。「讓它……嗯，就這樣過去不行嗎？」事實上就算是同性，我所做的事也是一種性騷擾，和對女性下手沒兩樣。納十的話讓我擔憂起來，某件令人不可置信的事情也有可能發生，例如……這個天兵跑去報警說我強姦他。

「我對這類事情……相當的敏感。」

「好、好，你想要讓我怎麼負責？」

一說到這裡，納十就露出淺淺的微笑。「我也不是刻意要幫基因先生製造什麼麻煩，但我已經是基因先生的人了。」

「哈？」

「那就麻煩你照顧我了。」

我的呼吸亂了節奏，差點就要窒息了。我瞪大雙眼，接著立刻搖搖頭。

「瘋了嗎？我的人？是在發什麼瘋？都要起雞皮疙瘩了，我可不是你的監護人啊；而且只是抓個小老弟就要照顧你，那如果我強暴你，不就要結婚了嗎？」

「當然要啊！」

「……」

這……是我遇過最瘋狂的一件事情。

「沒有辦法，我不會照顧人，就連我自己都照顧不來。」

「意思是說，基因先生要把責任撇得一乾二淨嘍？」

「幹，像你這樣的人不需要別人對你負責，還有一件事……這個星期二你就得搬出去了。」

都說到這個份上了，納十看著我，帥氣的臉上露出頗有微詞的表情，逼得我愣在當場，一股強烈的愧疚感鑽進心裡。

我緊閉著雙脣，試圖為這件事情找出解套的方法，最後決定掀開厚重的被子；頃刻間，冷風吹向我的大腿，讓我直打哆嗦，但是眼下的問題讓我不想去在意，我抓住納十離我最近的那隻手，直接貼上被黑色四角褲包住的下體，在那之後立刻放開他的手，再次把被子拉到原處蓋好。

「我……我讓你抓回來，這下子扯平了吧？」

「……」

「……」

事情發生得很快，不到一分鐘，但是當我把話一說完，房間就籠罩在一股沉默的氣氛之中，長達了五分鐘之久。

「呵。」

「笑什麼？」

打破這一份寧靜的，是忍俊不住的輕笑聲，納十一開始受到驚嚇的表情有了轉變，他稍微低下臉，似乎是想要隱藏住笑意。

「又做出這麼可愛的事情了。」

「哈？」

「如果只是這樣抓一下，我不會介意的。」納十向我又靠近了一點點，嘴角泛起笑意。「但是基因先生又是撫摸，又是抓、又是捏的，甚至還搓揉它，只讓我做這麼一點點，似乎有點不太公平。」

撫摸、抓、捏……甚至還搓揉了？

「基因先生曾經說過我沒有給你製造什麼麻煩，因此，就算多了我一起住，應該也沒什麼關係不是嗎？」

我沉默了下來，不知道是第幾次的手足無措了。納十向後退開，臉上的笑意變回了原本溫柔王子般的淡然笑容，認真地面對我。一開始被我抓起來貼在我那邊的那隻手，緩緩地舉起來，我下意識看過去，發現它放在我的頭頂上。

五根修長的手指撫摸著我剛睡醒而稍微翹起來的頭髮。

「基因先生不討厭我對嗎？」

「也是……」

「基因先生喜歡我。」

「……！」

「初次見到我的時候還心跳加速。」

「喔——」

聽到這些非常耳熟的句子，我的臉像是被火燒一樣。

「喜歡，初次見到你的時候，我還心跳加速呢。」

雖然酒精並不會令人忘卻一切，但為什麼只記得這種讓人羞恥的事情啊？

「怎麼了嗎？」

「我……我餓了。」

一聽到這個藉口，納十就露出笑容，但是那個笑容透著一種了然於心的意味。他微微地點了點頭，抽回手的同時站起來。「我去拿來給你，基因先生剛剛說了頭痛，吃完後再吃藥吧。」

「好、好，去吧，去吧，謝謝。」

納十轉過身，我這才敢把視線放在他寬闊的背上，看著他走出臥室，嘆了一大口氣，感覺到詭異又羞恥的氛圍在周遭揮之不去，此刻的我正逐漸地消沉與委靡。

「基因先生喜歡我。」

……喜歡，雖然我跟納十說的喜歡並沒有特別深遠的涵義，但是聽起來卻很引人遐想，我臉頰感到躁熱，腦袋盡量不去想，才不會更加躁熱。

我並沒有回應十八號，事情就這樣不明確地被擱置著。這件事情雖然是我先開始的，而且也不是我們兩個刻意促成，但是太過危險了；即使我有些愧疚，可是一想到未來還有可能會再發生類似的事情，越是覺得納十應該要搬離這裡去找尋別的住處。

再過兩天……一想到這裡，我再次移動身體去找尋手機，發現它就掉在枕頭附近，順勢抓起來打開了Line。

Gene：達姆，你什麼時候會從外縣市回來？

Gene：過來幫我處理一下。

數到十一

我發送出去的訊息被閒置了好幾個鐘頭，直到晚上十點、十一點，我正在洗澡的時候，才一直聽見外頭傳來手機的鈴聲。洗完後，我頭髮溼淋淋地走出來看手機，發現有兩、三通來自達姆的未接來電。

白天我傳了那樣的訊息給達姆之後，納十就端了香氣四溢的食物、一應俱全的藥物與白開水進來。他把東西遞給我，隨即從我的工作桌旁拉了一張椅子過來坐，近距離地盯著我看。我驅趕他，他卻回說是為了要等著收拾餐具，後來因為我非常的害臊，便用最快速度狼吞虎嚥地吃完這頓飯。

快速吃完飯後，我藉口說要再睡一下，他才帶著笑意開口道晚安，甚至藉機揉了揉我的臉頰還有頭頂，就像是對待小孩子一樣，最後才走出去。

那個時候我盯著他寬厚的背影，眼神透著古怪……喔不，古怪的是納十才對。

我邊想事情邊打開衣櫃找睡衣，把手機夾在肩膀與脖子間，等電話打進來，隨後達姆的聲音悠悠地傳過來——

「哈嘍。剛剛你在做什麼啊？還有現在為什麼不用視訊啊？」

我不理會他，立刻反問：「你什麼時候才要回曼谷？」

「啊？怎麼了？要再約我去喝酒是嗎？」

「瘋了嗎？」

相信我，我這輩子會有好長一段時間記取教訓，滴酒不沾。

「週二來得及趕回來嗎？」

「差不多那個時候，大概是週二的清晨吧？」

「那正好。」聞畢，我的聲音爽朗了不少。「回家之前，你就繞過來接納十一起回去吧。」

「接納……哈？」

「嗯。」

「接納十……去你那邊接？接去哪？」
「啊，就接去其他地方啊，週二就滿一個月了。」
達姆沉默了好一會兒，似乎是一時之間覺得困惑，大腦正在思考，接著壓低音量，不敢肯定地問：「你……你跟他聊過了嗎？」
「說過了，我也跟你說過了，你是忘記了嗎？」
「喔！」他的聲音聽起來好多了。「那麼納十說了什麼？開始整理行李了嗎？」
「還沒。」
「哦，他的東西不多。」
「不是，納十說要繼續住下去，完全沒有動手整理。」
「咳！」
我聽到電話另一頭傳來像是被口水嗆到的聲音，皺起了眉頭，因為還得忍受他繼續咳嗽。
「等等……等等等等等等，等一下，納十說要繼續住下去？」
「嗯啊，所以我才會讓你來接他。」
我打開擴音，在穿汗衫的時候把手機丟在床上，當我把頭塞進領口之後就轉過去看向手機。「為什麼不說話了？」

「我……我想，你先跟他溝通清楚比較好。」

「就溝通過了啊，但是……嗯，有一點點問題，所以沒有繼續這個話題，讓你來處理這件事情比較好。」

「不要啊！絕對不好！我認為你先跟他講清楚，如果他答應了，把東西都收拾好了再告訴我，那個時候我會以最快的速度，駕著禮車去護送他。」

「浪費時間，你就直接過來幫你的孩子整理東西然後離開不就好了？」

事實上……我會選擇這麼做，是因為我也不曉得該怎麼辦才好，不想要自己去開口，也不想要看到納十不滿的神情。

在那之前我還惹出了一些事情，現在我沒有臉再去跟對方談了。

「你先說比較好，相信我。」

「你是怎樣啊？」

「吼——基因，可是我不敢啊……」

「什麼不敢啊？幹。」我瞪了一眼手機。「我不管啦，週二別忘了，如果你不來，就有你好看。」

「基因——」

我不理會對方的哀號，走過去掛斷電話，把手機拿到檯燈旁邊充電，一屁股坐在床尾的邊緣擦拭溼潤的頭髮。期間因為一直在思考，所以臉色不是很好，過了大概十分鐘，我搖了搖頭，把手中的毛巾丟在一邊。

距離上次納十把食物端進來，我就再也沒有吃過什麼了，所以現在非常的飢餓，決定去煮一碗泡麵來吃。

我緩慢地轉動門把，把頭探向外頭，發現外面黑漆漆的沒有開燈。

……可能已經睡了，明天大學得上課沒錯。

我躡手躡腳地緩慢前進，打開廚房的一盞橘色小燈，接下來拿出一個電磁爐專用的鍋子，裝水煮沸，在等待的過程中，打開冰箱翻找有沒有適合一起烹煮的食材。

蔬菜……豬絞肉？我家的冰箱竟然有這些東西啊？

「能不能吃掉啊……」

「拿去吃吧。」

「幹！」

裝著豬絞肉的保麗龍盤子差點從我的手上掉下去，幸好某個人從我身後伸手幫忙接住它，我輕輕地呼了口氣，但是當我意識到當下的情況，就迅速地向前閃避。

「納……納十？」

納十穿了一套輕便的睡衣，安安靜靜地站在那兒。這傢伙不曉得什麼時候就暗藏在我身後，當我輕聲自言自語時，忽然在我的耳邊細語，嚇得我差點停止心跳。

他的嘴角往上揚起。「在煮泡麵嗎？」

「啊……嗯，那你呢？為什麼還沒睡覺？現在已經很晚了。」

我說話的表情不怎麼自然。我特地忍受飢餓在房間裡面躲了好久，為的就是不想要看到納十的臉，特意只吃泡麵當晚餐，碰上這個情況，我忍耐這麼久的代價都可以買一個大披薩了。

「我從門縫看到廚房的燈亮了。」

「喔……好的，好的，那麼我會快點煮一煮，你去睡覺吧，等一下就關燈了。」

「我還不睏。」

「去躺著自然就會有睡意了。」

納十微微地搖搖頭。「我還不想要睡覺。」

「閉上眼睛冥想，一下子就會想睡了，相信我。」

眼前的這個人忍不住輕笑了起來。「怎麼那麼急著想要趕我走？還在為昨晚發生的事情感到不好意思嗎？」

我的手乏力，那盤豬絞肉差點又要掉到地上了。「和……和昨晚發生的事情有什麼關係？我只是想說，你明天一早還得去上課，不早一點睡覺，明天怎麼爬得起來呢？」

「明天我沒有課，只有下午兩點需要去拍戲而已。」

「喔……」

也就是說，要把他趕回房裡，我已經無計可施了。

我尷尬到不行，不曉得該說些什麼，幸運的是，鍋子裡的水好巧不巧地沸騰了，正發出翻滾的聲音，我藉著這個機會轉過身去，拿湯匙挖了一些豬絞肉。

因為一直感受到對方精明的視線從後方緊盯著我看，所以心慌意亂，無法冷靜下來，我舀起來的豬絞肉就這樣猛力地落進鍋子裡面。

咚！

四濺的沸水噴到了我的手。

「喔……操！」

真是太優秀了，壞豬。

我臭著一張臉，但還來不及做下一個動作，保麗龍盤子就先被一隻厚實的大手搶了過去，同時另外一隻手伸過來抓著我被燙傷的手，拉到水龍頭下方。冰涼的水濺灑在被燙傷的位置上，打開水龍頭的那個人用拇指輕輕地按摩那裡，我眨著眼睛傻站在原地，來來回回地看著自己的手，以及納十濃眉微皺的帥氣臉龐。

「唔……」

「去坐著。」

「哼？」

「等一下我幫你煮。」

「不要，我自己煮。」

納十微微地瞇起眼睛。「像剛剛那樣的狀況又發生，不太好吧？」

「只是稍微被水噴到而已，又不是被整鍋水燙到。」

「但也是被燙到了不是嗎？」

「這種程度，其他人也都被噴過。」

「其他人有沒有被噴過是他家的事情，但是基因先生不需要，坐著等吧。」

「……」

這傢伙說話的方式像是在命令小孩子，現在是什麼情形啊？

就算我想要自己煮，但最後站在電磁爐前面的人還是變成了納十，而我只能睜著眼睛發愣，久久不能自已。對方自顧自把絞肉拿過去處理，接著把麵條放進鍋子裡面，安靜地站在那邊。

「要不要加一些蔬菜？」

「你買來的嗎？」我看見他打開冰箱拿出大白菜來，開口問道。

「嗯，買來給基因先生像這樣子加來吃的。」納十以低沉柔和的語調說著，語氣聽起來稀鬆平常，但一瞬間卻讓我愣了一下，奇怪的感覺緩緩地鑽進心裡。

「雖然常常吃泡麵不太好。」

「就沒有東西可以吃嘛……」

納十把麵裝到碗裡面，端上桌子，我說了一聲謝謝，順從地坐下來。見到這碗泡麵裡有滿滿的配料，我的肚子就咕嚕咕嚕地叫得更大聲了，似乎是在催促我趕快吃。

當我拿起湯匙還有筷子，把食物送進嘴裡之後，手就停了下來，一臉困惑地抬起頭詢問對方。

「你……不回房間了嗎？」

納十反而是拉了一張椅子，然後面對我坐下來。

「你是很喜歡看別人吃飯嗎？白天已經看過一回了。」

「如果對象是基因先生，或許是吧。」

我本來還想要多說幾句趕走他，但一想到面前這碗麵也是納十煮的，就閉上嘴巴，乖乖地吃著。雖然對方銳利的眼神以及嘴角微微上揚的笑臉讓我感覺很奇怪——他就只是這樣看著我，但我卻咀嚼到快要往生了。

我坐著吃不到三分鐘就掃光一整碗麵，將碗放到水槽裡面，一字一句清楚地說明天會自己洗。

「我要回房間了。」

納十就只是微笑地點了點頭。「祝你有個好夢。」

「嗯……晚安。」

週二一大早。

我醒了過來，因為我放在枕頭旁邊的手機一邊震動一邊響個不停。由於昨天睡得有一點晚，意識到有人打電話過來的時候，已經是第三通電話了。

我伸出手去摸索手機，眼睛都還沒有睜開的情況下就滑動螢幕接聽電話，我聽見達姆的聲音傳了過來——

「哈嘍？終於肯接電話了，你這個損友。」

「嗯……」

「是在睡覺嗎？自己在睡覺還叫我來處理？我已經在你公寓樓下了。」

「公寓樓下？」我慵懶地喃喃朋友剛剛所說的話，直到大腦摘錄這段訊息的重點之後，立刻睜開雙眼，在意識還混沌的情況下從床上撐起身體。

「我剛剛打電話給納十了。」

一聽到這裡，我猛然睜大雙眼。「打給他？等一下，達姆，你沒有看到我昨天發送的 Line 訊息嗎？」

「Line？Line 什麼 Line？我還沒有看訊息，開車回來的途中4G網路爛死了，我是打電話給你的，不是視訊通話，是沒看到嗎？睡到醉了還是怎樣？」

那傢伙沒完沒了地抱怨一大串，連一點插嘴的機會都不給我。

「好啦，我已經在樓下了，納十說等一下就會下來了，至於你……也一起下來吧，下來幫我收屍，先這樣，不浪費電話錢了。」

「達姆！等一下啊！」

對方已經掛斷電話。

而我的臉色剎那之間變得很沉重，耳朵聽見隔壁房門開啟的聲音，輕聲地從外面走過去。一意識到是納十，我立刻跳下床衝出去。

該死的達姆為什麼不看 Line 啊？

昨天晚上……我回到房間之後，躺著想了納十的事情很久。他是一個非常好的孩子，不僅幫我煮泡麵，還幫我買食材存放在冰箱裡，雖然先前發生了一些事情，但那只是一場意外，而且製造事端的人還是我。一回想過去的種種，再想到納十可能還沒有找到地方住，我就這樣子強行趕走他……最後，就在昨天晚上凌晨兩點，我傳送了 Line 訊息通知達姆。

我請他不用過來接人了，之後會再找機會跟納十溝通，但是這個達姆怎麼就不在對的時間看一下訊息呢？

「納十！」我大聲地叫著室友的名字。

「嗯？」

納十穿著汗衫與長褲搭配成的半休閒睡衣，看到我突然跑出來，他停頓了片刻。

那張帥氣臉上的表情看起來一如既往，反而是我有點愣住了。

納十或許是察覺到我的異狀，露出微笑。「怎麼了嗎？作惡夢了？」

「沒有，你現在要去哪？」

「喔！去找達姆哥。」他沒有流露出任何壓力或是憂慮的神情，還是那個平常的納十，在說話的同時走了過來。「基因先生再回去睡一下吧，看起來還是很睏的樣子呢。」

「嗯……啊。」

我感到相當困惑，一開始我以為十八號會因為被我趕出去沒有地方住而心情沉重，但是看到他一副沒有什麼問題的模樣，我特地從房間裡跑出來，本來打算告訴他哪裡都不用去的念頭就卡在心裡。

意思是……十八號願意搬走，完全沒有問題對嗎？

「你……」

「嗯？」

「沒事。」

見我搖了搖頭，納十淺淺地堆起笑臉，一大早就對我放了一個刺眼的光波。我傻站在那，被這副笑容迷惑的當下，他舉起手放在我頭上，接著就走向鞋櫃。當我回過神來，大門已經緊緊地合上，只剩下我一個人靜靜地站在屋子裡面。

那個孩子……

「怎麼可以這樣摸長輩的頭？」

就算納十讓我繼續回去補眠，但是我已經沒有睡意了，還有一點點擔憂，所以決定也下樓去跟那兩個人溝通。而且我內心有一部分害怕如果納十知道是我先打電話讓達姆過來的，他可能會覺得很受傷……

我拿著感應卡來到公寓一樓，因為現在還早，所以整棟大樓還是一片祥和寧靜，只有電梯前面的一盞電燈還亮著柔和的光。

推開阻隔電梯以及大廳之間的玻璃門，我先聽到達姆的聲音響起。他跟納十兩人站在出口不遠處交談著，有一根大柱子擋在中間，他們看不到我，但是我可以清楚地看見他們。

「趕緊去收拾行李，才能快點離開。」

「去哪？」

我的腳步瞬間止住。

一聽到納十所說的話，原本張口欲語的嘴巴立刻閉起來。

「哈？就是去……」

我改變心意走到柱子後面，臉稍微探出一點點，偷偷地窺探著這兩個人。那一秒鐘，我看見達姆瞠目結舌的表情，以及納十靜默不語盯著對方的模樣。

「不是還沒幫我找到新的房子嗎？」

「還不是因為你跟我說還不用找？」

還不用找？

「嗯，那是要我去哪？」

「先去住我公司的房間也行，讓給你，我願意開車從老家通勤。」

他話才剛說完，納十的表情就像是聽到什麼逆耳的話，那張帥氣的臉讓我眉頭都糾結了起來。

納十……看起來很不高興呀。或許他真的是還沒有找到房子，「還不用找」這句話……是還沒有準備好去找，或者是沒有錢那類原因呢？

我的臉色立刻變得凝重。

「那種老鼠窩。」

達姆的表情像是肚子被揍了一拳。

「等一下我打電話給公司，請他們整理、清潔一下，你東西收好了之後先去公司等著，晚上就會整理好了，肯定乾淨。」

話說到這裡，我就看到納十從他高挺漂亮的鼻子輕輕地噴出一口氣。

「哥認為我會去嗎？」

「嗯……不會。」

「那就不用再說了，你先回去吧。」

達姆的臉像是含著苦藤一樣，而我則是忍不住瞥向納十，看了又看，正想要走出去叫他們不用再吵了，但是達姆接下來說出的話，讓我感到焦慮不已——

「嗯……納十，你知道的吧？我會來接你，是因為昨天晚上基因打電話給我。」

幹，我雖然真的有打這通電話，但是我已經改變主意了啊。

我隨即轉過去看納十聽到這句話之後的反應，卻發現對方的表情毫無波瀾。

「如果不想要讓我為難就把東西收一收，我一開始也不想要麻煩基因，但眼看著已經沒有人可以幫忙，而且你自己也說，如果是基因的話就可以，我才會去聯繫他。基因就是這樣子的人啊，我看他一心一意想要讓你走，不是說他想要趕你，不用想太多，他只是喜歡一個人待著，才能比較方便寫小說，就只是這樣而已，基因的個性……」

「達姆哥。」

達姆囉哩囉嗦地講了好長一段話，被納十充滿特色的低沉嗓音打斷。他揚起了嘴角，這個笑容我還算熟悉，但是他的表情跟眼神連一點笑意都沒有。

「你又開始多話了。」

「唔，突然是在發什麼脾氣啊？」

「基因先生是怎樣的人，個性怎麼樣，我知道，不需要由哥來告訴我。」

達姆安靜了下來，接著眼睛睜得像是鵝蛋一樣大。「納十，你這……這是在吃基因的醋嗎？」

「……！」

我稍微受到驚嚇，就在我思考著該怎麼開口才好的時候，達姆剛好轉過頭來注意到我，他大叫一聲，就連納十也被他嚇了一跳。

當然，當他一那樣做，納十也立刻跟著轉過來看，清楚地看到我像是變色龍一樣，一臉痴呆地攀附在柱子邊。

我們眼神交會，接著我就感受到十八號的壓力，既然我已經無法再藏匿了，乾脆就走到這兩個人面前。

「達姆哥，是你叫基因先生下來的嗎？」

「嚇！我沒有。」

「啊，是我自己下來的。」

當我一那樣說，納十這才逐漸緩和原先僵硬的表情，語調也溫柔了起來：「不想睡了嗎？我不是已經說過了，基因先生可以再去睡一下。」

「沒關係，等一下再睡，我想先把這件事情處理完再說。」

我話才剛說完，一切陷入了沉默。

我來來回回地看著達姆還有納十，而達姆則是來來回回地看著納十還有我，就只有納十一個人，毫不避諱地直勾勾盯著我。

最後是由達姆出聲建議我們到樓上談，我立刻點頭表示贊同。

這件事情看起來會談很久，一回到屋子，我先走進去，接著才是達姆以及納十。

達姆一脫下鞋子，就立刻衝過來用手臂環抱住我的肩膀，使勁地把我推到房間，對著納十說先跟我聊一下，就迅速地進到房間關門上鎖。

動作太過俐落，讓我只能直愣愣地望向他。「達姆，你這是……」

啪！

他雙手竟然用力地抓在我肩膀上，然後一臉認真地向我靠過來。

「基因，納十到底是怎麼被你馴服的？」

「哈？」

「他這麼黏著你，他跟別人都沒這麼親近，我還是第一次看見他這個樣子……」

「等一下，你在說什麼？」

「就在說納十啊。」

「你怎麼還是不停地說納十黏著我？」

「嗯，而且現在已經不只是黏了，你中大獎了。是這樣的，我先跟你講，納十是一個很難搞的孩子，他只會在你一個人面前表現出好孩子的模樣，這我之前跟你說過了，你應該也看見了對吧？」

「嗯，有一些住宿上的問題，納十會壓力大到生氣也不是什麼奇怪的事情。」

「壓力大到生氣？壓力大到生氣個屁啊！」達姆大聲嚷嚷。「壓力大到生氣是什麼狗屁啊？操，我的頭差點就要被他啃掉了！」

「你幹麼那麼大聲？我的耳膜很痛。」

達姆這才意識到他太過激動了，連忙降低音量：「他反而很不高興我來接他，你沒看到嗎？就連我要把房間讓給他，他都不領情。」

「就……嗯。」聽他這麼一說，我也跟著起疑心，但是嘴巴卻還是忍不住說：「可能是你的房間很髒亂吧？」

「不是，朋友，是他想要跟你住在一起。」達姆說話的同時又拍了我肩膀兩、三下。

「……」

「所以我才會說他黏著你呀，一提到讓他搬家的事情，他就百般不願意。操，我就說，怎麼會突然從宿舍裡面搬出來說沒有房間，甚至還刻意問起你，最後我才帶著他到這裡，如果那個時候讓我知曉……」

說到這裡，他自顧自嘟噥，我沒有完全聽清楚，最後他嘆了一大口氣。

「唉……早知道這樣，我真的不應該來麻煩你的，基因。」
「現在說是能有什麼幫助？」
達姆的手從我肩膀上移開，很無奈地垂落在側身。「也是，那麼你打算怎麼做？如果你不想要讓他繼續住下去，就直白地跟他說吧，那個時候他或許就能夠理解了……吧？」
「等一下我自己去跟他說。其實，昨天我有傳 Line 訊息給你了，但是你沒有讀。」
「Line？喔！就是你先前說有 Line 給我的事情啊？」
「嗯，我留言給你說不用過來了。」
「啊？」達姆抓抓頭。「那我不是白白讓納十發了一頓脾氣嗎？」
「還不是因為你不看 Line 訊息。」
「但實際上你跟納十沒有什麼問題吧？納十在你面前也表現得像是個好孩子一樣，他住在這裡，我也比較放心。若是他哪天發神經跑去強暴你，那我到死之前都會感到愧疚的。」
我嚇了一大跳。「強……強暴？你在說什麼蠢話啊？」
他後來都是喃喃自語，不過因為房間裡很安靜，我才能聽見他所說的話，原本神情鎮定的臉立刻漲紅了起來，幾天前發生的事情自動地鑽進腦海裡。

「我想要你。」

操……這麼丟臉的事情，可能好幾年都會反覆地出現在腦中。

達姆，你可能不知道，有被強暴風險的那個人不是我，而是你的孩子啊。

「事實上，當我在拍戲現場看到他在你面前裝出一副超級乖巧的樣子，就覺得不對勁了，但是我不怎麼擔心，因為你上次喝醉叫納十過來接你，至少你們很要好，就這樣吧，後續就你們自己去談吧，有什麼事情跟我說，但如果納十心情不好的話，請不要叫我去跟他談或是做什麼事情，OK吧？」

我見他一臉嚴肅地再三確認，還有最後所說的那句話，除了翻白眼還能怎麼樣？

「嗯……那真是不好意思，讓你白跑一趟了。」

「沒關係，這樣子也好，假如你真的要趕他，我也不曉得該怎麼處理才好，我只知道，我肯定會很慘。」

「……」

這傢伙碰到納十的事情老是很誇張。

我和他又聊了一下子之後，就拉著他的手臂走到外面。因為他突然把我拖到房間裡，不曉得納十會不會擔心，以為我在想辦法把他趕出去？如果是那樣，我看起來就真的像是一個惡劣的大人了。

如我所想的一樣，一打開門就看到納十，他沒有在自己的房間裡等待，而是靜靜地坐在沙發上，當他聽到開門的聲音就抬起頭來看。

「納十，接下來你自己跟基因談吧。」達姆先開口──

我盯著納十的眼睛，接著不禁垂下眼簾，想不出來該怎麼說比較好。就在那一刻，身旁的人突然把頭靠過來竊竊私語。

「送我下去吧。」

「不一起去吃早餐嗎？等一下我請客。」我也在他耳邊竊竊細語。

「不用了。」

「就當作是我的賠禮，讓你……」

「夠了、夠了，基因，不用靠這麼近說悄悄話，我已經被眼神刺得千瘡百孔了，趕緊送我走，快！」

達姆看起來壓力很大，舉起手來推開我，我沒站穩，一個踉蹌往旁邊退了好幾步，但是沒幾秒鐘他又伸出手把我抓過去，拖著我直接走向大門，我被這樣又拖又拉的，一時之間都傻住了。

最後我才回頭說要送達姆下樓，雖然沒有直接叫出納十的名字，但是納十應該可以理解，所以順從地點了點頭。

抵達一樓之後，達姆二話不說就直接跟我揮手道別，隨即發動車子。見他這麼十萬火急，我不禁對他感到不好意思。他才剛從外地回來，應該很疲倦，也很想要回去休息了，因此我對他說下次我請他吃飯，拍了拍他的肩膀之後幫他關上車門。

現在是早上七點，天空早就亮了，同時我的肚子也咕嚕咕嚕地在抗議了。但是我知道納十現在肯定正在樓上等待，所以馬上轉身走進電梯裡面。一回到屋子裡，就發現納十依舊坐在沙發原來的位置上，我脫下鞋子向他走過去。

我一站到沙發前面，對方旋即站起身來。

「生我的氣嗎？」

他用低沉溫和的嗓音說出那句話，使得我愣了一下。生氣？生哪件事情的氣？我試著感受一下內心，但是完全不存在所謂的生氣。

「如果我想要繼續住在這裡……」

「假如你真的有需要，我不會有意見的。」

「有需要。有非常大的需要。」

「因為我抓了你的小老弟，所以需要負責任是吧……」我實在忍不住脫口而出。

他似乎料想不到我會這麼說，不禁輕輕地笑了出來。

「要這樣說也行。」

「假如我讓你繼續住下去，我不會負責照顧你喔，我已經說過，我連自己都照顧不好，實際上……」

我試圖要解釋給他聽，所以決定凝視著他眼睛，讓他知道我是認真的。

「如果你沒有做什麼不好的事情讓我困擾，我也不會太在意，那些幫忙的事情，你如果不想做就不用做，你是個怎樣的人，保持原樣就好了，不用強迫自己為我做到那個地步。」

納十靜默地盯著我，為了做確認，我點了點頭，再次重申剛才所說的話。

十八號曾經說過想要和我再更親近一些不是嗎？所以那些強迫自己的事情就沒有必要再做了——像是在我喝醉的那一天屈服於我。那樣的話，我也能更加地認識納十。

「你也沒有……唔，做什麼？」

「牽手。」

「我知道是牽手，但是為了什麼？」

說著，納十突然就伸出手來牽著我的手。我低下頭望了一下之後，又抬起頭來，一副不是很明白地看著對方，直到對方露出笑容。

「據說抓住對方的手之後，就能夠感受到對方的真心。」

「……」

胡說八道。

「我看不透基因先生的內心，這樣才能幫助我更加理解呀。」

「我說的每一個字都是發自內心的好嗎？」

即便回覆的語氣很簡潔，但是我也沒有把手抽回來，低頭偷瞄著這個人的手，他把手指穿過我的指縫，與我的手相互交纏著。

我們的手緊密相貼，連一絲縫隙也沒有，我能感受到納十那隻手的厚度以及溫度。

「基因先生？」

「嗯？」

「有關那些幫忙的事情，我沒有強迫自己。」

「……」

「我不是曾經告訴過基因先生了嗎？我想要幫忙。」

「就……嗯。」

「所以說現在……基因先生還會想要讓我搬出去嗎？」

納十倒是主動把話題帶回來，直奔主題。我聽到這番話，努力觀察起對方神情，最後選擇反問對方——

「為什麼你會那麼想要住在這裡？」

「因為我想要跟基因先生住呀。」

「那為什麼會想要跟我住呢？想要跟你住的人多的是。」

「我喜歡基因先生。」

「喜歡……哈？」

霎時我整個身體僵化，睜大眼睛愣愣地望著僅一步之遙的納十。

納十……喜歡我？

「唔……等一下。」我抬起沒有被握住的另外一隻手阻擋。「喜歡？」

「對，喜歡。」

我皮膚下的血管強烈地收縮著，一股奇妙的感覺逐漸氾濫，湧進我的心裡，一發不可收拾，我完全沒有任何厭惡感；但是在下一秒鐘，強烈跳動的心臟就慢慢地平靜下來。

停，停，拜託停下來，我這是想到哪裡去了啊？

「你……沒有其他喜歡的人了嗎？可以讓你自在地住在一起的人。」

見納十沉默，我就更加確信，繼續說道：「也難怪你會比較想要繼續住在這裡。」

因為納十喜歡我，而且我在喝醉的時候也說過喜歡他，我們之間的好感可能讓他覺得自在，比起其他人，他更想和我住在一起。

一想到這裡，不曉得為什麼，覺得既驕傲又高興。

喔，有人喜歡，我高興得要死，而且是這麼受歡迎的人，大家都會喜歡這個孩子。

「基因先生你……」

「哈？」

起初沉默不語的納十，一聽到這裡，逐漸地加深笑容，雖然不是那種燦爛的笑容，但是看得我就快要融化了，微微地晃了晃頭。

「因為這個樣子我才會喜歡你。」

「……嗯，對我來說你也是一個好孩子，我也喜歡你。」

雖然有一點點害臊，但是之前已經說過了，我不想要想得太過複雜，跟納十談過之後，我就做下一個決定。「如果你想要住在這裡，就再住一陣子吧，等到拍攝結束之後再談。」

「基因先生不再趕我走了嗎？」

「我說過了，沒有要趕你走，其實一開始也沒有真的要趕走你。」

「好，好，沒有趕。」

「明白就好了，可以放開我的手了，我覺得很毛。」

納十笑咪咪地站著不動，我就先把手抽了回來。「去找些東西吃吧，我餓了。」

數到十二

「基因，最近愛愛的場景寫得好很多喔。」

「真的嗎？」

「嗯，看起來比較真實一些，基因的小說已經有注意到受方男主角的感受了，比起《霸道工程師》要好多了。」

從電話另一頭聽到了編輯的讚賞，坐在筆電前面的我差點高興得要跳起來了，另一隻沒有拿手機的手舉起來握成拳頭。若不是在編輯面前必須矜持一點，我早就高聲歡呼了。

今天晚上吃什麼好呢？來一份大披薩好了。

「事有蹊蹺，有誰教你嗎？嗯？」

「……！」

正愉悅地想著該怎麼犒賞自己才好，聞言，我猛然頓了一下，笑容僵住。

「姊瘋了嗎？寫小說雖然得投注心力去找資料，但也不用做到那種地步吧！」

「我只是開玩笑而已，幹麼這麼大聲，好像嚇了一跳的樣子？」

「就……就姊這樣子說，好像我喜歡男人啊。」

「我也只是說有誰教你嗎？也有可能是女人吧？」

聽到電話那端的解釋，我的臉燙得差點要蒸發出水氣了，深怕被揭穿。

幸好我們是透過電話溝通，對方不會發現我現在的臉色以及模樣，我輕輕地咳了幾聲，讓自己四處亂竄的心神回歸原位，趕緊轉換話題。

過不了幾分鐘，待編輯掛上電話之後，我就轉頭看向筆記型電腦，把滑鼠滑到先前發送給編輯檢查的愛愛場景，重新再複習一遍。

「當塔恩勉強撐起眼皮，就發現此刻麥齊帥氣的臉龐正不斷地往下移動，過程中，以嘴唇不停地吸吮著他的肌膚，每感受到一次溫熱的氣息，他就跟著顫抖了一次。神經線的甦醒接收到了所有的感受，它如同閃爍的光輝，直

到對方的嘴脣停在了胸口，那雙眼眸隨即向上瞅。」

我在此對著自己發誓……這輩子我絕對不會告訴別人，這些場景是擷取自我那模糊不清的記憶——也就是那天我喝醉之後，所做的那些任性妄為的事情。

這已經不曉得是第幾次了，我和納十所做的事情，無意間在我的小說停滯不前的時候，起了推波助瀾的功用。

一回想起來，我的臉又開始發燙了，不曉得自己為什麼那麼容易臉紅？有時候也很氣自己這個樣子，我蓋上筆電，逕直走到外面準備去喝一杯冰涼的水解解熱，啊，是解渴才對。

自從那天解決了達姆家的孩子的住宿問題之後，我又回到了與小說浴血奮戰的日子。之後找了一天自己一大早醒過來的日子，回老家去探望媽媽，再回來繼續工作，幾乎在房間裡待了二十四個鐘頭之久。

至於今天，納十一大早就去學校上課，下午才醒過來的我，毫無疑問地與他錯開了。醒來的時候，我打開石頭很久之前所發送的時間表，發現今天傍晚有安排拍攝工作，也就是說，劇組從開拍到結束應該會花上相當長的一段時間……納十應該是不會太快回來。

一想到這裡，因為好奇，我就就回到房間裡拿起手機，想知道現在電視劇拍到哪裡了，就搜尋一下＃BadEngineerTheseries，取代搜尋原著小說的書名，或許可以看見別人發布拍攝現場的照片。

熱門。

FarLaLa@farlala14·6月18日：

當一堆人在詢問那位弟弟的事情，然後他那個樣子是什麼意思？一副有心事的樣子。#BadEngineerTheseries ＃十邇頤＃肯特南茶＃霸道工程師

（影片）

16則回應，2654轉推，1431按讚

我豎起眉毛。第一則推文是最熱門的推文，還是上週發布的。這則影片的發送者，是ＩＧ直播的時候從螢幕上錄製下來的，一見到納十的名字，我就好奇地想要點進去看。

鏡頭轉向納十，他穿了一件白色汗衫，搭配一件高檔的牛仔外套。畫面快速閃爍移動，接著就看見納十好像是坐在大型百貨公司的知名咖啡廳裡面。遠處傳過來的聲音是嘈雜的交談聲，接著是在手機附近的交談聲，這個聲音太過熟悉，不用側耳傾聽都能猜出是誰的聲音。

「十，有人問說你跟邇頤弟弟在同一間大學讀書，是真的嗎？」

這不是達姆的聲音嗎？

我知道納十有一個官方的ＩＧ帳號，經營的人是達姆……然後請聽聽他們對話的用字遣詞，沒有半句髒話，實在是演很大。如果不說他是經紀人，我會以為他跟納十是做同一個職業的。

「怎樣？嘿，看一下鏡頭。」

這次納十遵循聲音轉過頭，一見到那雙精明的眼眸看過來，即便不是在現場被本尊盯著看，左下角的地方還是不斷跳出尖叫的留言，至於右下角則持續不斷湧現愛心。

「嗯。」

「嗯嗯嗯，還有人問說你們很要好嗎？」

「不知道。」

看起來煞有其事。

雖然這個回覆很像是在打太極，但是看了之後，令人感受到納十所說的「不知道」反而更加的曖昧不明，接著影片就結束了。不過觀眾的想法應該和帳號主人還有我一樣，所以瀏覽人次才會衝到最高點，甚至還出現了我第一次看到的新主題標籤。

#十邇頤

我盯著這個主題標籤看了好一陣子。

最近男男戀愛的電視劇越來越受到歡迎，那些演員後來也成為螢幕情侶，有很多工作需要他們一起配合演出，納十跟邇頤應該也是這種情況，但是料想不到的是，竟然有人這麼快就使用這個主題標籤了，我的小說電視劇甚至都還沒有正式上映；還是說，是因為我一直埋頭在新的作品初稿裡面所以沒注意到，誰曉得？

我所看到的，也只是去拍攝現場時所看到的畫面，去看演員演戲然後就回來了，覺得自己是一個非常懶惰的作者。

一想到這裡，手指就往下滑，繼續看下去。

KhumMaeNongHayong@tear_1998・6月22日：

唉，照片來自S大學的學生啊，他們似乎一起對戲，一起練習……還竊竊私語！我的媽呀！我想要讓他們兩個親親。#十邇頤 #BadEngineerTheseries

（照片）（照片）（照片）

37則回應，3654轉推，1036按讚

由於是放大拍攝的，畫面看起來失焦得相當嚴重，但還是可以看得出坐在折疊椅上的高個子是納十。他手中拿著等一下要演出的劇本，旁邊有木箱，上面堆了一些水以及物品；至於另外一邊則是身材嬌小的邇頤，他露出燦爛的笑容，伸長脖子近距離地與對方交談。

見狀，我更無法忍住想要瞭解的衝動，最後點進了「#十邇頤」那個該死的主題標籤查看。有一堆人發送推文，包含從ＩＧ上面擷取下來的影片還有照片，例如，納十有一個私人ＩＧ，當他發了些什麼訊息，邇頤就進去回應按讚，這些全都被截圖記錄下來。

當我一回過神，才發現自己花了將近一個小時在看這些網友的八卦文，看得眼睛都要花了。我把手機放在桌上，走進浴室裡沐浴更衣，戴上隱形眼鏡之後拿起錢包與鑰匙，接著往樓下移動。

「基因先生你好。」

「你好，正在拍攝嗎？」

……當然是跑到拍攝現場嘍。

「對，今天的場景是在啦啦隊練習室的洗手間，基因先生可以從那邊的門直接進去。」

記得我是誰的工作人員開口協助說明，我看向對方所指的方向，然後點頭致意。

我穿過旁邊的小門，非常好奇地四處張望。在故事裡面，有許多場景是發生在啦啦隊練習室，這場景是在小型體育館裡拍攝，此刻地板光潔如新，有好多條粗厚的黑色電線繞來繞去，還看見燈板以及各種道具這邊放一組，那邊又放了一組，因此在行走的時候得特別注意。

我停在不遠處，盡可能地選了一個工作人員不太常經過的位置，才不會造成別人的麻煩。從這邊可以看見正在拍戲的納十，他的髮型以及造型設計得很好看，此刻正面對著另外一個男人；對方一樣穿著學生制服，但是被裝扮得比較禮貌。

這不正是肯特和韃彎為了爭奪南茶的衝突場景嗎……

起先的拍攝是在鋪陳攻方男主角的部分，所以還沒有輪到另外一名男演員拍攝，但是現在已經進行到故事中段，因此輪到韃彎這個角色加進來破壞兩位男主角的感情了。

「基因哥。」

就在我眼睛眨都不眨地盯著這兩個演員的時候，一陣甜美清透的聲音響起，同時有人輕輕地拉著我的衣角。

我都不曉得邇頤嬌小的身軀是什麼時候靠近的，他對我露出一個可愛的笑臉。

「喔。」

「今天怎麼也來了？」

「今天沒什麼事。」

「要常常來啊，我已經好久沒有看到基因哥了。喔！對了，我也買了基因哥寫的小說了喔。」小傢伙說得興高采烈，圓滾滾的雙眸神采奕奕。「我剛好有帶過來，基因哥可以幫我簽名嗎？」

一聽到自己的小說又多賣出一本，我的眼睛也跟著發亮。

「當然可以，拿過來吧！哥直接幫你簽名。」

「謝謝哥。」邇頤歡呼了一下，趕緊跑向他的包包，不久之後就拿了一本書，以及一支很夢幻的粉紅色鋼筆跑回來。

我簽完名又向他表示感謝之意，還特別畫了一顆很可愛的愛心給他。

我把書還給他，他依舊不肯離去，我們兩個人就站在那邊聊了很久，直到有部分工作人員發現了，就派人拿了兩張小摺疊椅以及兩瓶冰涼的礦泉水過來給我們。

「基因哥一來我就更加興奮了。」

「等一下你也要拍攝嗎？」
「對，在洗手間裡面的場景。」邇頤潔白的臉漸漸染上一抹紅暈，我眨了眨眼睛望著他。
洗手間裡面的場景？
腦袋開始回想自己所寫的小說場景，不一會兒我就想起來了，眼睛張得老大。
那一幕是小說的高潮，肯特與韃彎碰面之後，肯特因此得知南茶曾經和韃彎一起出去過，霎時醋海翻波，把南茶拖進洗手間裡面，用力地甩上門，將對方推到牆壁上強吻……
一想到這裡，我就立刻露出猶豫的神色。
「嗯，加油喔。」
孽障！我完全忘了，邇頤他喜歡納十……能夠跟自己喜歡的人接吻，會這麼害羞也不足為奇。
「嗯，謝謝。」
接著我就安靜下來，說不出一句話，邇頤也是同樣情形，氣氛隨即變得很尷尬。
「嗯，等一下哥要去……」

「基因哥。」

我本來想起身溜去洗手間，但是這個小傢伙伸出手來抓住我的手臂，我只好又坐了回去。

「基因哥應該知道我喜歡十吧？」

我瞬間石化，起先是一臉困惑，後來慢慢地露出為難的神色。「不……」

「我可以向基因哥諮詢一下嗎？」

幹！給我一點時間想辦法拒絕好不好？

「基因哥認為我接下來應該要怎麼辦？我應該要告訴十嗎？我害怕說了之後，十就不願意再跟我說話了。」接著邇頤又繼續說下去，一副忍了很久的模樣，完全不給我一丁點開溜的機會，他一臉寂寞又哀傷的表情。「基因哥也看見了對不對？十他對我完全沒有興趣。」

「……」

「我不曉得該怎麼辦才好，我想基因哥寫這類型的小說，應該會理解我的。」

「啊，哥想，會不會是因為納十是個男人，如果他喜歡女人，他會那樣想也不是什麼奇怪的事情吧？」我中立地回答。

「意思是我沒有機會了嗎？」

「就……」
就我不知道嘛！我不知道……相信嗎？邇頣問的這個問題我無法回答，而且我也不想要回答。
見我不再回應，邇頣就露出了快要哭出來的失落神情，我深怕他真的哭出來，趕緊反問對方：「不然邇頣就試著……怎樣比較好，把內心的感覺寫下來呢？」
「把內心的感覺寫下來？」他愣了一下，接著盯著我的臉，像是拚命在壓抑自己爆笑出來。「基因哥好可愛，這個方法會不會太傳統了？」
「透過 Line 嘛。」我這麼說道，因為邇頣看起來是個很容易害羞的孩子。
「不然邇頣想要怎麼做呢？」
「事實上，我決定要試著攻陷十。」
「攻陷？」
「對。」邇頣的臉色又變回了爽朗。「今天拍攝結束後，我會試試看先邀十一起去吃飯，我聽說最近十和基因哥住在一起，吃完飯後我會請人開車把他送回基因哥的公寓，這樣子好嗎？」
邇頣光是開口說話，眼神還有表情就像是周遭有花朵綻放一樣。當他把計畫分享給我之後就等著聽我建言，一臉期待的神色使得我只能配合地點點頭，但是內心感到極度困擾。

殺了我吧！為什麼邇頤要來問我？

對我來說，這類事情我最不曉得該如何是好了，就算我在寫愛情小說，但是我對於那些情情愛愛的事情卻一點也不擅長，就連女朋友也沒有。大學的時候，每當有朋友拿這類事情來諮詢我，我也完全幫不上任何忙。

「如果是那樣，基因哥幫我開口好嗎？讓納十先跟我去吃飯……大概這樣子說。」

一聽到這裡，我又沉默了半晌。

「好嗎？」

「這件事情邇頤自己去跟納十說比較好。」

不是說我不想幫忙啊，雖然納十現在住在我的公寓裡面，但是我也沒有權力要求他去任何地方，這得看對方的意願。我那樣子解釋，但是邇頤看起來不太理解的樣子。

「就只是幫我說嘛，拜託，不然……」

「卡！」

邁先生喊卡的聲音像是拯救我性命的鐘聲，邇頤先是停止說話，然後立刻轉過頭去找尋納十的身影。我輕輕地吁了一口氣，接著就看到邇頤快速起身，積極地把水遞給了朝我們走過來的人。

「十，喝水。」

那個高個子微微地點了點頭表示感謝，伸手接過但是沒有打開來喝，轉頭看向我。「今天也一起來了？」

「喔！嗯。」

「我看你一直坐著聊天，為什麼不看我演戲演呢？」

自從我告訴納十做自己就好，不用勉強當一個好孩子之後，對方就常常說一些嘲弄或者是玩笑話，就像是現在一樣。當我對上那雙迷人的雙眼，我才發現，對方看起來有一些吃味，但不是非常認真。

「看膩了啊。」

「不像我，讓我坐著看基因先生，怎麼看都不會膩。」

「好好好，去坐著休息吧。」

「那基因先生跟我過去吧，達姆哥也在那邊。」納十說話的時候，他那隻厚實的大手伸過來輕輕撥弄著我放在椅背上的手背，見我不悅地拍開他，他笑了出來。

「不了，坐這裡比較舒服。」

「十。」

正當我跟納十鬥嘴的時候，站在一旁安靜很久的邇頤輕聲地叫喚著，語調中夾帶了一絲絲不滿。因為他才剛拜託我當他的丘比特，所以我才能清楚地知道他的想法。

孽障！因為納十該死地竟然只邀請我過去那邊聊天。

「哼？」

當納十一轉過去，邇頤就一改臉色，變得甜美可人，抬起手拉住他手臂。「今天一起去吃飯吧！我請客，像上次一樣在M飯店也可以，吃完我再送你去基因哥的公寓。」

但納十竟然微微地皺起眉毛。「改天吧。」

「為什麼啊？就今天吧，十不是也沒有其他行程了嗎？基因哥等一下也有其他事情得去辦，現在回去，不就自己一個人在家寂寞得要死。我說了，我請你吃飯，ＯＫ嗎？」

邇頤笑得燦爛，尾音拉得有一點長，像是故意在裝可愛懇求對方。而我呢，則是迅速地轉頭過去，一臉困惑地看著他，動作快到脖子差點就要斷了。

「基因先生有事情嗎？」

那是我想要問的問題，我什麼時候有事情了？

「我……」

我話都還沒有說完，導演邁先生扯著嗓子讓大家預備的聲音響起。因為怕時間太晚，無法讓演員以及工作人員逗留太久，所以所有造型師趕緊跑上來要求先帶走兩位男主角。

納十與邇頤必須到另一個地方去做準備，我的視線跟這兩個人的背影一會兒，見邇頤又說了好幾句話試著說服納十，納十也轉過身去回話，但不曉得這兩個人到底是說了些什麼。

後來有劇組人員上前來請我坐到另外一邊。由於接下來地拍攝地點是在洗手間，空間有限，可以帶進去的道具不多，主要的道具為攝影機——當然嘍，所有拍攝的畫面全部都會被傳送到外頭的螢幕上，邁先生以及好幾位助理全都坐在這個地方觀看。

我所在的位置，可以清清楚楚地看見四方形的螢幕，大概經過將近二十分鐘，演員、劇組人員以及道具一就定位，邁先生立刻扯著嗓子下達指示。

鏡頭一開始是從洗手間外面的走道開始，起先是響起鞋子踩在地面上的聲音，接著才看見穿著學生制服的高個子，強行拖著比較嬌小的另一人，打開洗手間的門之後用力關上，再揮動手臂把對方甩到牆壁上。

平移相機這時移到納十的臉上，他此刻很明顯地表現出憤怒又壓抑的情緒。

「肯特學長……我會痛。」

「痛得好，你的腦袋才會聰明一點，不要逼我發火。」

一雙精壯的手臂把嬌小的邇頤抵在中間，鏡頭移動到側面，使得這兩個演員的神情以及彼此間緊密的距離都更加清楚。

這兩個人的臉越靠越近，呼吸的聲音幾乎可以融化掉附近攝影機上頭的麥克風了。機器的效能太好，甚至連輕微的鼻息聲都能夠聽得很清晰。

每個人都屏氣凝神地盯著接下來即將要發生的場景，但是我反而收回視線，站了起來。

「基因先生怎麼了嗎？」

在我旁邊的工作人員見狀，開口問道，但是我搖了搖頭。「沒有什麼事情，只是覺得有點熱。」

我拒絕了對方說要再拿一只大型電風扇過來的好意，溜到了外面。雖然天空已經暗下來了，但是這一帶還是很明亮，因為附近有一盞大型路燈。

覺得此刻的氛圍令人舒暢不少，我深吸了一大口氣，接著再慢慢地吐出來。

到底幾點才會結束啊……

正當我站著四處張望、胡思亂想的時候，一道熟悉的聲音先傳到我的耳裡——

「好好好，我知道，已經上很多次了，還不夠嗎？是想要讓他紅到什麼程度？他不想要接工作就把機會讓給其他人吧，我已經跟耶姆談過了，最近他亟需要錢，雜誌的平面拍攝就讓給他好了。」

我立刻走上前去找他，當然了……他正是我的朋友。

「達姆。」

「幹！」他嚇了一大跳。「基……基因？畜生，我都要嚇死了，突然就從暗處走出來。」

「抱歉。」

他先是臭著臉對我兇，接著才揮手示意讓我等一會兒，然後轉過頭繼續講電話：「沒事，姊，朋友啦，ＯＫ、ＯＫ，我知道啦，等一下安排大概十張照片，嗯，那就先這樣吧。ＯＫ，喔！時間表記得上傳到 Google Docs，分享給我也行，好的、好的，再見。」

當他把手機收起來之後，就轉過來瞇起眼睛看著我。「你怎樣？今天怎麼也來了？」

「嗯，我就覺得在家很無聊啊。」

「在家很無聊？太奇怪了，你這種人竟然會不想待在家裡？那麼納十看到你來了嗎？」

「看到了，在拍攝之前才剛聊過。」

「哦，嗯，但是你來也好，今天我才不用再開車送納十回公寓。」

我和他站在那邊又聊了一下子，接著才雙雙移動到附近的石頭長椅坐下。一開始他還約我進去裡面，但是我拒絕了，因為他們正在拍戲，裡面很嘈雜、燥熱，再加上外面沒有人，還是一個開放的場地，舒適多了。

我們一直聊著無關緊要的事情，過了大約一個鐘頭之後，邁先生扯嗓大喊了一聲卡，結束拍攝，聲音大到穿過牆壁傳到體育館外面，我和達姆才回到室內。

「你他爸的，好癢，蚊子咬，為什麼只有我一個人被咬？」

「你的血比較甜啊，所以蚊子才會只咬你。」

「你是在騙小孩嗎？我曾經讀過，蚊子有的時候會去找有特殊氣味的血液，例如像是腳臭。」

達姆的話讓我啞然失笑。「喔！你有體臭。」

「畜生啊！剛剛你還誇說我的血很甜。」

我和達姆有說有笑地走到看臺下，劇組人員在這裡設置了一個演員私人休息室。

「基因先生。」

納十低沉的聲音響起，我一抬起頭就發現對方濃密的眉毛稍微糾結在一起。

「你跑去哪裡了？」

「哦，我跟達姆在外面聊天，怎麼還沒有換衣服？」

「我正在找你。」

說話的時候，他眼睛眨也不眨地盯著我。我本來在跟朋友聊天，心情很好，笑得很燦爛，當下表情差點轉換不過來，還來不及張嘴回覆，對方隨即又補了一句話——

「接下來麻煩請你不要離開我的視線。」

「哈？」

「不然我會擔心得不知道該先做什麼好。」

「……」

我站在那裡，僵化得像是個機器人，納十撩起窗簾走到另外一邊去換衣服，過了好一陣子我才回神，眼皮緩緩地眨了又眨，扭頭跟著看過去。

……就只是跑到外面而已，他怎麼會擔心到那種程度？

「所以才離不開。」站在一旁的達姆伸出手來拍我的肩膀。

「離不開是什麼幹話啊？」

達姆放聲大笑，用一副不正經的樣子回覆：「不知道，唉，肚子餓死了，你肚子餓嗎？」

「餓。」

「那麼這個，順便幫我整理一下納十的東西。」

達拇指向一只化妝用品收納箱，其他東西亂七八糟地散落在桌上，這個真皮的收納箱上面有一個非常昂貴的名牌標籤。見自己的朋友竟然這麼花心思地特地帶了這個收納箱過來給旗下藝人使用，我的眼睛睜得像鵝蛋一樣大，非常小心翼翼地把它收進另外一個包包裡面。

才剛收完，他就揮揮手說接下來的東西他自己處理就好，我不曉得該做些什麼，所以乾脆就坐在長椅上玩手機。

「你好——今天結束了。」

「……？」

「等一下就出來了，等一下就出來了，正在換衣服，保證跟平常一樣帥。」

我再次抬起頭，就聽到達姆比平時還要做作的聲音響起，見他露出燦爛的笑臉面對著鏡頭：「你在做什麼啊？」

「噓，我在現場直播。」達姆轉過來輕聲細語地說道。

「哈？」

「納十ＩＧ的直播服務。」這次他用另外一隻手摀住我的嘴巴，慢慢地移動嘴巴讓我理解情況，接著就轉回去，繼續面對著鏡頭笑，滔滔不絕地說道：「快看、快看，等一下就可以看到了。啊？剛剛在跟誰說話啊？喔！作者啊，他過來看拍攝實況，可以去追蹤他，直接去搜尋他的筆名，馬上就會看到他的推特頁面了。」

見他如此熟練地對應，我非常吃驚地摀住嘴巴……竟然還幫我打廣告。

通常明星藝人或是其他知名人物在ＩＧ或是臉書直播的時候，大多會親自上陣，在鏡頭前面演出、聊天，有時候彈彈吉他或是為粉絲做些事，但這很明顯是新的手法，因為十八號的經紀人竟然像那樣一手包辦，連達姆自己的ＩＧ也全部用來更新消息。

嗯……但是看納十這個態勢，估計也只能這麼做，因為要等到他去做這件事情真的很困難，那個人的個性本來就不太喜歡聊天也不太喜歡這些活動。

刷！

「啊，來了、來了。」

窗簾被拉開之後，達姆隨即走向前去介紹，讓鏡頭不偏不倚地對準自家孩子的臉。

我看見納十瞬間抽動眉毛，但下一秒又露出淺淺的笑容，看樣子是習慣了。他簡短地說了幾句話之後，就朝我這邊走過來。

達姆把鏡頭跟著轉向這裡，當納十越來越靠近，我急忙想站起來，因為不想要跟著一起入鏡直播秀；但我還來不及抬起屁股，納十就一屁股坐下來緊靠在我的身旁，另外一邊是牆柱，前面還放了一張摺疊桌，我因此無處可逃。

「十，做……」

我差點就脫口而出，一意識到情況趕緊閉上嘴巴，改成用手推擠他的手臂。

「會去 Paragon 的活動嗎？嗯，要看一下行程安排，那陣子有沒有空，十？」

「應該可以。」

納十完全不理會我，自顧自地聽達姆說話然後回覆粉絲們的問題。當我推了很多次之後，似乎是讓他覺得不耐煩，竟然就這樣把手臂穿過來與我互相交纏，然後緊緊地包覆著我的手，壓在他的大腿上面。

這下子我全茫了，別過臉去與他竊竊私語：「十，你在做什麼？」

「嗯？」

「趕緊讓路，我要站起來了。」

「先等達姆哥關上直播，一下子就好。」納十也低下頭在我的耳邊輕輕地呢喃。

我一臉不知所措的樣子，最後只好先抽回手，接著轉向達姆，讓他讀我的唇語：「不要讓我入鏡。」

他比出ＯＫ的手勢。

稍後達姆就看了一下粉絲們的留言，很愉悅地讓納十回覆問題。

最後變成我得一直坐在這裡，直到短短的直播秀結束為止。

過了好幾分鐘，達姆這才裝可愛地向觀眾道別，一副自己是明星的樣子，同時關上螢幕，我這才忍不住轉過去責罵——

「你為什麼要現在直播啊？怎麼不回家裡再直播？」

「因為我現在跟他不住在一起，所以沒有時間常常直播啊，沒多久美眉們就會跑光光，改去追其他的人了。」

「你就到我家去直播，我什麼時候禁止過你了？」

「嗯嗯，先別生氣，回去……」

叩！叩！

敲門聲打斷了達姆的話。看臺下方的這扇玻璃門掛著窗簾，但是現在窗簾是打開的，所以能清楚地看見站在門外的人。

外頭站了一個身材嬌小的人，他穿著學生制服，外頭搭了一件兔耳朵帽子夾克，一臉不好意思的樣子。達姆走過去幫他開門，他就稍微低下頭表示感謝，接著就筆直地走過來，停在納十面前。

邇頤圓圓的大眼睛稍微瞄向和他喜歡的人緊靠在一起的我，隨即才轉過去朝著納十露出燦爛的笑臉。

「十，準備好了對嗎？一起去吃飯吧。」

……又是這件事。

我稍微移動一下身體，想要站起來，但是依舊站不起來，所以乾脆就安靜地坐著，試著置身事外，不想和這一群人扯上關係。即便是那樣，我還是忍不住往旁邊偷瞄，一看就發現納十微微地揚起一邊眉毛。

「不是說過了改天嗎？」

邇頤滿臉不悅。「今天不可以嗎？如果現在回家，納十是要吃什麼呢？」

「……」

「不會很久的，吃完我就馬上送你回家，好不好嘛？」邇頤撒嬌著又輕聲懇求好幾句，或許是因為他的臉蛋與模樣很可愛，所以不會令人感到厭煩。

「基因先生你說呢？」

當我保持沉默的時候，已經很努力地在裝傻了，這個十八號竟然提起我的名字甚至還把問題丟給我。

「哈？什麼？」

「基因先生想要讓我去嗎？」

為什麼要問我啊？

見納十轉過來看著我，現在可好了，連邇頤還有原本看向其他地方的達姆，統統把注意力放在我身上。

「如果基因先生說不可以，我就不去。」

「啊……」我的眼睛左右飄忽不定，不曉得該怎麼說才好，最後輕聲地開口說道：「這要看你自己了，想去還是不想去，全看你自己不是嗎？」

「意思是說，如果我去，基因先生ＯＫ嘍？」

「……」

我腦袋好像瞬間罷工，直到發現納十那張帥氣的臉龐慢慢地浮現出笑意，這才回過神來。

如果納十去了……

我還來不及開口，納十就先衝著我露出熟悉的笑容，一邊緩緩地點頭，一邊開口說道：「如果是這樣，今天晚上你就先洗澡睡覺吧，我回到家會盡量放輕音量。」

這樣說的意思，是答應要跟邇頤出去吃飯了呀。

「嗯……」

納十這才站起來，先是走過去跟達姆聊了一會兒。這個過程中，原本一臉落寞的邇頤也變得爽朗了起來，他燦爛地朝我微笑致謝，直到納十先走到外面，這才趕緊起身小跑步跟上去——在這之前，他都還沒來得及跟我說上話。

「基因哥，謝謝你，今天晚上我就會向納十告白，那麼再見嘍。」

對方的腳步聲逐漸遠去。

休息室裡就只剩下我還有達姆，四周的氣氛變得異常安靜，只聽得見從外面傳來工作人員正在收拾物品的細碎聲音。我心不在焉地沉思了一會兒，當我回過神後，甩了甩頭，轉向自己的朋友……

「你看什麼看？」

「哪有。」達姆用指尖推了一下眼鏡，走過來拿走放在我面前的包包。「他們都不在了，要直接回去嗎？」

「要回去。」

「不用接送納十了，你要去吃飯嗎？」

「吃，喔！」我一想起來就笑了出來。「我想要去買披薩來吃，要跟我一起吃嗎？我請客。」

「披薩？是想到什麼好事了？畜生，好想吃，但可以改天嗎？我有事情得先回去找我姊。」

「只有今天，改天就沒了。」

「畜生，只會挑我沒空的日子發送食物。好啦，那就等下次有機會再說，我請客。」

「我先請客，還欠你一次，但是披薩就沒了，這是今天的額度，僅有一天，改天就只剩巷子裡的麵可以吃。」

我們一起走到外面向其他工作人員道別，然後同時離開體育館。現在時間接近晚上九點，被圍起來拍攝的大學體育館看起來更加寂寥了。我把車子停放在體育館旁邊的戶外停車場，至於達姆則是停在大樓的另一側，因此我們一下子就得分道揚鑣了，我很想要跟朋友再聊一下子，但這也是無可奈何的事情。

周邊還有很多輛車停放著，應該是工作人員的車子。我抄捷徑走去停車場，我停放的位置旁邊剛好有一盞大型路燈，所以並不難找。

雙腳踏在白色的拋光石上面發出了摩擦的聲響，就在我思考著是否要打電話叫外送，或者是要跑一趟百貨公司外帶的時候，舉起遙控器要解開車鎖的手忽地定格不動。

從我的位置往下再數一輛車，路燈下有兩具身影站在那兒。

納十還有邇頤……

我的眉頭微微地皺了一下，訝異地凝視著這兩個人。我想，我和達姆邊走邊聊已經拖了好一段時間了，這兩個人也出去很久了，為什麼還會在這裡？

納十高挑的身材背對著我，因此我完全無法看見他的表情；至於站在斜對角的邇頤則是正在說話，由於距離太遙遠了，完全聽不到談話內容。當然，我也不想要聽就是了，而且也不想要偷看，決定要悄悄地上車駛離。當我正要拉回視線時，眼睛反而睜得更大了。

一瞬間，邇頤眉開眼笑地向納十靠近，輕輕地抬起手臂纏繞在對方手上，然後晃了晃身體……

我趕緊把臉轉回來，感覺到位在左胸口的心臟跳得比平常還要快速，連忙移動身體躲藏在一臺大型的深黑色豐田汽車後方，不再回頭看。

幹，接吻？

我動也不動地站著，連用力呼吸都不敢，大腦有一個聲音叫我回頭，但是又有另外一個聲音不想要我回頭。

直到聽到微微的關門聲，接著是輪胎壓在石頭上面逐漸駛離的聲音，我才從別人的後照鏡中觀察情況。

邇頤親了納十？那一瞬間我沒看到納十有任何動作，表情也看不到。邇頤已經告白了嗎？那傢伙也答應了是嗎？納十也喜歡邇頤？已經交往了？

各種問題不斷在腦中環繞，繞得我的頭差點就要爆炸了，連自己是什麼時候解開車鎖然後坐上去發車的都不曉得，最後我下定決心要來點餐……

今晚，就來三份披薩好了。

數到十三

我真的是失心瘋才會點了三份披薩一個人吃。

點餐的時候並沒有多想，在看網頁時，覺得這個也想要吃，那個也想要吃，因此毫不猶豫地不停點選餐點到購物籃裡面。後來的結果呢……坐著吃了二十分鐘之後，肚子就撐得圓滾滾的，最後只能表情沉重地盯著放在桌上面的三份披薩，每一份披薩只吃了一到兩片，丟掉也太浪費了。

我肚子撐到不想站起來，文風不動地坐在沙發上。現在已經接近十二點了，我坐在這裡差不多有兩個鐘頭了吧？我心不在焉地看著電視節目，目前在播放的是泰文字幕的西洋電影，但是我完全不感興趣。
納十也還沒有回來……
吃飯吃到哪了？抵達聖母峰了沒？或是絲綢之路？
還是吃完之後續攤？不回來了嗎？現在……喔，又來了，我又想起那兩個人了。
相信嗎？從我開車回到家，拿起手機點披薩，走到公寓樓下拿披薩，直到坐在這裡細嚼慢嚥，很奇怪的是，我竟然一直不停地想著納十還有邇頤的事情，腦中老是浮現同一個問題：這兩個人到底決定交往了沒有？
我是那麼好管閒事的人嗎？
喀啦。
我正靜靜地問著自己的當下，被大門把手拉動的細微聲音嚇了一跳，因為電影播放的情節，剛好是劇中角色拿著斧頭靜靜地走在地下室。
納十回來了……我原先舒服地橫臥著，隨即彈了起來坐直，把電視遙控器拿在手中，另一隻手則是拿了一塊披薩，讓自己看起來像是專注盯著與心理極度變態的殺手鬥爭的女主角。
我……到底是在發什麼神經？越來越不懂自己了。
「基因先生？」

我稍微轉過去看了一眼納十，藉機把披薩放回原處。「回來了嗎？」

「嗯，基因先生還沒有吃完晚餐嗎？」

「就……邊吃邊看電影呀。」

「三份披薩？一個人？」納十靠過來站定，接著把視線飄向沙發前面的矮桌，上頭堆滿披薩盒子。他露出不可置信的驚訝表情，一副怎麼會有人這麼不自量力的模樣。

「嗯，那你呢？」

「我吃過了。」

聽完之後我應了一聲，舉起百事可樂猛喝，不再繼續說話。納十見狀，就說要先進去洗澡，轉身進到臥室裡面拿浴巾。

當他再度走出來的時候，一直偷瞄的我差點就要窒息了，趕緊把視線拉回來盯著電視螢幕，此時劇中人物正瘋狂地追砍彼此。

凶嫌頭戴著布袋，緩緩地拖著腳步，在那之後就是……男人勻稱漂亮的六塊腹肌與肌肉。

「嚇！」

下半身僅圍了一條浴巾的納十，走過來把好身材擋在我的面前。

「你在做什麼啊？為什麼要來擋電視啊？」

我還沒來得及把渙散的注意力集中回來，一抬起頭就看見十八號正對著我笑。

「我只是想來告訴你，別吃太多，已經很晚了，會胖喔。」

……就只為了這些芝麻小事？

「知道了，快去洗澡。」我用手想把對方驅離我的視線範圍，納十乖乖地轉身走進廚房裡的洗手間，但是我的耳朵好到能夠聽到對方飄過來的輕笑聲。

我不悅地看著他的背影，當他走開之後，我情緒才逐漸地緩和下來，不過心裡還是亂糟糟的。雖然我努力地集中精神逼自己專注在眼前的電影上，但是眼神卻時不時地瞥向廚房方向，大腦開始恢復運作了，由於很想知道納十與瀰頤一起吃飯的事情，使得我非常的不開心。

要問嗎……該怎麼問才好？如果納十問我為什麼要問，我難道要回說：我只是純粹想知道而已？

那麼我為什麼會想知道？也是，但就是想要知道啊。

正當我和自己的理智奮戰時，納十就帶著洗髮乳的香氣從廚房裡面走出來，看得我也很想要去沖個澡，洗淨身上汗水然後跳上床，但就因為這該死的好奇心，把我的身體綁在原地。

達姆那位高眺的孩子先是走回房裡，然後又出來到廚房裡，我偷看到他倒了一杯冰涼的水喝，接著他拿出水瓶裝水，再次回到房間裡，不到一分鐘後又跑出來。

他掛著笑臉，一屁股坐在我的正對面。

「怎麼了？」

「哼！」

「有什麼事情想要問我？」

下一個問題換成了王子般的溫柔語氣，讓我頓了一下。「問……問什麼？」

「一直看著我，有事情想要問我對吧？」

「……」

「如果問的人是基因先生，我全部都會回答。」

我聞言忍不住張大嘴巴……這個小子是怎麼知道我在偷看他的？

「我沒有……」原本想要幫自己解釋並拒絕對方的話硬生生地卡住了，或許是因為好奇心還沒有得到滿足，使得我那張嘴猶豫不決。「也行，想讓我問我就問，你怎麼樣？」

「我很好。」

……畜生。

「不是問這個。」
「嗯？不然是在說哪件事？」
「去吃飯的事。」
「喔！也很好，食物很好吃，如果基因先生也想要吃看看，下次我們兩個人一起去也可以。」
「我並不想要知道那種事——」我睜大眼睛，情緒性地拉長聲音，不大高興地嘖了一聲。不曉得為什麼，感覺好像正被納十耍著玩，不知怎麼的很詭異……
納十帥氣的臉上現在雖然沒有半點刻意惹我生氣的跡象，但是他帶著笑意的嘴角翹得比平常還要高，不禁令我怒火中燒。
「不然是哪件事呢？如果不問直接一點，我也很難回答。」
望著那雙凝視著我的銳利眼眸，我最終敵不過內心的那股好奇，一口氣把所有問題一次問完：「你跟邇頤去吃飯，邇頤跟你說了些什麼？你跟邇頤交往了嗎？你們是情侶嗎？」
「……」
客廳剎那間陷入一片寂靜之中，只有從電視裡面傳出斧頭砍在木門上的聲音。

見納十沉默了下來，我實在是非常想要讓時間倒轉回到剛剛，現在反倒是我不知道該如何是好。我把臉轉向其他地方，給自己一點時間想出解套的話，假如納十問我為什麼會想要知道，除了回答「我就是想知道，怎樣？」之外，我還得想出其他的說詞。

「就只是這件事啊？」

「……」

「為什麼基因先生會認為我跟邇頤是情侶呢？」

「就……」

我不想要說出邇頤跑來跟我商量納十的事情，因為還不確定他們兩個人現在到底是什麼關係；一開始是以為邇頤在停車場時就跟納十告白了，但是一聽到納十這麼說，就不好直接說明了。

「我不是刻意要偷看的，但是在回程的時候，我看見你跟邇頤兩個人在停車場。」

一說到這裡，納十就明白了，他的神情改變，原先掛在嘴角的笑意也隨之消失不見。

「基因先生看到了？」

「唔，嗯，就剛好撞見。」

納十的濃眉皺了起來，但是那雙銳利的眼眸並沒有看向我這裡，讓我知道他現在不悅的神情並非是我引起的。

過了一會兒，納十開口說道：「不是那樣的，我會答應跟邇頤去吃飯，只是因為有事情要找他談而已。」

「有事情要談？什麼事……」

還來不及阻止自己發出聲音，我幾乎就快要把話說完了，八卦別人閒事的好奇心運作得太快。

「今天邇頤不是跑去跟基因先生談話嗎？看你的表情很困擾。」

困擾？喔！是在邇頤請我幫忙的時候吧……納十剛好撞見了是嗎？會答應要跟邇頤去吃飯，只是為了要談邇頤讓我覺得很困擾的事情啊？

從納十口中聽到的事情奇怪得令我無所適從。

這樣的意思是說，邇頤還沒有跟納十告白嗎？納十應該也還不曉得自己的朋友喜歡他嘍？我大概知道納十喜歡我、對我有好感，他跟邇頤那樣說，不表示他跟朋友有什麼問題啊。

「你……現在沒有跟邇頤吵架對嗎？」

「並沒有。」

「……喔！」

「然後也沒有接吻。」

當我正沉浸在自己的假設中，這個高個子接下來所說的話讓我立刻抬起頭。在我不需要開口詢問的情況下，對方主動說出我第二件想要知道的事情。

「沒有接吻？」

「基因先生以為我跟自己的朋友接吻了嗎？」

「我……就……嗯？」

我不曉得該怎麼回答才好，因為在這之前，腦袋還在思考著邇頤說喜歡納十的事情。當我把視線轉向納十，就發現對方緊緊地盯著我，似乎是想要讓我讀出他內心深處的想法。

最後納十再次以他特殊的柔和語調開口，不過這次語氣非常的堅定：

「邇頤只是我的朋友，僅此而已，沒有更多了。」

「……哦。」

「吃醋了嗎？」

「吃醋？」

「如果知道基因先生會吃醋，我就不會跟邇頤去吃飯了。」納十的語氣夾帶著笑聲，嘴角又勾起一抹笑意。

我逐漸緩和下來的心跳，竟然又加速跳動了起來。我愣了將近一分鐘，接著才皺起眉頭。

他說的是吃醋嗎？為什麼我要吃納十的醋啊？就只是問問而已，這也能變成吃醋啊？

「瘋了嗎？我只是純粹想知道而已。」

「嗯？」納十把頭歪了一邊，一副不相信的樣子，刻意表現出嘲弄的眼神。「難道不是以為我跟邇頤已經接吻了，所以一個人在胡思亂想嗎？」

「我只是看到你跟邇頤的事情在網路上討論得沸沸揚揚，當我在停車場看到你們，才會以為你們是真的互相喜歡，就只是這樣。」

「基因先生應該也很清楚，電視臺那邊要求要幫忙推廣。」

「就……就因為看起來很像真的啊。」

「如果不像真的，又有誰會相信呢？」

「嗯，也對。」

「還有一件事……除了基因先生之外，我沒有跟任何人接吻，我會介意，基因先生忘記了嗎？」

這番話讓我瞠目結舌。

納十的理由令我處於猶豫不決還有明白理解之間，不曉得該如何是好。

不過聽完他這番解釋之後，原本還懷疑為什麼邁先生老是用借位的手法來拍攝，這下子總算是豁然開朗。

但是提到只跟我接吻這件事情，應該不是刻意為了要讓我負責照顧他，或是要求些什麼回報。

「不用再吃醋了喔。」

「搞笑了，我說過了我沒有在吃醋。」

「喔？」

納十微微地挑高眉毛，加上那個笑臉，真不曉得是什麼意思。

我的眼神左右飄移，選擇別過臉不看對方。一會兒過後，我嚇了一跳，因為感受到坐在對面的那個人伸出一隻手不輕不重地貼在我臉頰上。

意識到之後，我立刻揮開他製造混亂的手，把臉轉到另外一側，像是在凶小孩一樣地瞪著眼睛。

「你是在玩什麼？」

「生悶氣的時候真的會這樣子鼓起腮幫子呢。」

「……」

「這樣子很可愛，知道嗎？」

我內心又開始不安寧了……

已經很常聽見納十說我可愛，好像快要習慣了，但是又不是那麼習慣。

那雙銳利的雙眼凝視著我的臉頰還有嘴角，見狀，我用牙齒輕輕地咬著臉頰內側的肉，抿起嘴脣間接檢查自己現在沒有再鼓著腮幫子，模樣像蟾蜍一樣搞笑。

「我要去洗澡了。」

納十半句話也沒有回，而我也沒有再抬起頭看他的臉，手忙腳亂地蓋上披薩的盒子之後，就趕緊從沙發上站起來，走回自己的房間。

「喔，怎麼今天也來了？」

我獨自一個人坐在黑暗的角落，快速地滑動手機玩益智遊戲，一聽到達姆的聲音就抬起頭。他剛好經過這附近然後發現了我，才會露出極搞笑的驚訝表情。

「我來這邊已經很久了。」

「幹！今天一大早有拍攝，我的朋友竟然爬得起來，是什麼鼓舞的力量讓你願意走出房間的，是納十嗎？」

我瞇起眼睛。「跟納十有什麼關係？」

「啊？不然跟什麼有關係？」
「跟我昨晚凌晨兩點才睡有關，今天早上十點就醒過來了。」
「哦——是嗎？是嗎？原來是這個樣子。」他點了點頭，但表情不知道為什麼特別欠揍，堅持站在我旁邊不肯離去。「那麼納十看見你來了嗎？」
「不知道，還沒有吧？我也是剛剛才遠遠地看到你家孩子正在拍戲，我跟邁先生打過招呼才坐到這邊來的。」
「去找他吧。」
「你看見這個了沒？」我指著工作人員拿來架在附近的大型立扇。「我坐在這邊就好，夠舒適了。」
「嗯，好吧，等一下納十就會看到你了，他早就在你身上裝了隱形GPS。」
「……」
「唉！等一下我再過來好了，先去那邊講一下電話。」
「嗯，要去哪就去哪。」我揮手驅趕，低頭繼續玩遊戲。
不是什麼正經動腦的遊戲，但不曉得為什麼這麼容易輸，我很想要通過這關卡才會如此專注地玩，因此沒有注意到周遭的一切，直到……
有一張摺疊椅被放到我旁邊，當然還有某個人也一併坐下來。

「要來為什麼不先說呢？」

……納十。

「就……這也要先說嗎？」

納十稍微皺了一下眉頭。「當然要啊！我們住在一起呀。」

以前不是也沒有事先說嗎？

「那麼下次再用 Line 通知吧……如果我沒有忘記的話。」身旁這個人以笑臉回應，那個笑容足以攻陷一個人，太狡猾了！我得把臉轉回來盯著手機螢幕。「他們幾點才要收工？」

「差不多了，導演讓我們休息吃飯。基因先生吃過了嗎？」

「我不餓。」我搖搖頭。「你一大早就來拍戲，等一下還要去上課嗎？」

「今天只需要去拿一下講義。」

我稍微回應一下後就不再繼續說話，至於納十，剛好有劇組人員走過來跟他談話，我便全神貫注在遊戲上面，這個倒楣的遊戲關卡怎麼樣都過不了。

坐著玩遊戲不知道過了多久，突然有一根挖了飯的不透明塑膠湯匙遞到我嘴邊，我乖乖地張大嘴巴，咀嚼著飯肉被平均分配好的炸雞飯，吞嚥下去後，下一口飯又接連而來。我的眼睛死盯著手機螢幕，最後看到過關的字樣還有七彩煙火浮現之後，才抬起頭來。

然後我就被所有工作人員的注視嚇了一跳。

哈？

「基因先生，咬一下。」

我循著聲音轉向坐在旁邊的納十，他手裡正拿著挖好一口飯的湯匙等待著，見我嘴巴塞滿了飯愣在那兒，隨即豎起眉毛。

「是倉鼠嗎？這個飯不能儲存起來啊。」

聽到帶著笑意的話之後，我困擾地瞪大雙眼，快速地咀嚼吞嚥，推開那隻拿著塑膠湯匙的厚實大手。若不是因為礙於他人的眼光，我早就舉起椅子退得遠遠的。

「在做什麼啊？」

「餵飯啊。」

納十表情就像是在反問這有什麼奇怪的嗎？他爸的，超想舉起手指戳他雙眼。

「這個我知道，但我問的是，你餵我吃飯是為了？」

「吃飯時間到了就得要吃飯呀。」

「那就自己一個人吃啊，我說過了我不餓。」

我瞇起眼睛盯著納十依舊拿著湯匙的手，警告他不要再伸過來靠近我，幸好納十順從地聽從我的指示，把湯匙放回保麗龍便當盒裡，裡面的炸雞飯現在已經剩不到五口了……畜生，我到底吃了幾口？

「水放在這邊喔。」

一瓶冰涼的水被納十放在一旁，我還來不及回嘴，工作人員好巧不巧地在這個時候發出訊號，請大家進場各就各位。納十站了起來，臨走之前又指了指那瓶水，我的視線循著他寬厚的背影看了一會兒，接著才瞥向那一瓶水。

這下子玩遊戲的興致全沒了，我把手機放在大腿上，忍不住伸手去拿起水來喝。就在我關上瓶蓋要把水放回原處時，看到了一雙眼睛，動作頓了一下。

邇頤……

對方站在與我有一段距離的地方，但是隱形眼鏡讓我清楚地看見他的表情，那張可愛的臉死命地盯著我，沒有平常見到的爽朗笑容或是歡快情緒。當我們四目交接，他就皺起眉頭，表情非常的不高興，讓我驚訝地豎起眉毛。

我還以為自己看錯了，朝著對方露出微笑，但是他竟然別過頭不予理會，接著走到另一邊。

果然。

很明顯了，我之前看到的不是錯覺，是我自己會錯意的。

就因為知道邇頤喜歡納十，他也曾經跟我說過，現在看到納十做出剛剛的舉動，難怪他會不高興。雖然我們之間什麼事也沒有，但是平常又有誰會餵對方吃飯？而且也不知道昨天納十到底對邇頤說了什麼。

我輕輕地嘆一口氣，把這個複雜的事情拋到腦後。我並不想要跟這些孩子鬧出什麼問題，只要拍完戲後就結束了，就算再怎麼要好，那個時候應該也不會再常常見面。

「基因——」

在我神遊的時候，去講了一世紀電話的達姆突然又蹦出來了。

「等一下我把納十交給你了喔。」

「哈？」

「剛好公司有事得去處理，現在要走了，我已經跟納十講好了，他說他等一下會跟著你回去。」

「去哪？」我還跟不上他的話。

「回家啊！畜生，幹麼露出一副痴呆的表情？就交給你了喔，我趕著要走，那就下次見啦。」他動作簡直比閃電俠還快，滔滔不絕地一直說話，我都還沒來得及回答，他就拍了拍我的肩膀，衝過去向所有工作人員道別，瞬間就從體育館消失無蹤，看起來似乎是真的十萬火急。

接送納十我其實沒有什麼問題，因為本來就想說要一起回去的。

接下來的一個鐘頭，我依舊杵在原地玩遊戲，直到邁先生宣布收工之後我才收起手機，本來想上前邀納十一起回家，卻先被邁先生扯著嗓子喊了過去。

「基因先生、基因先生，要麻煩你一下。」

「是？」

「之前有跟你聊過，剛好我的下屬跟我說，電視臺那邊說了……」一說到這裡，他就咧嘴一笑，舉起手用力地拍了拍我的肩膀，對我拋了一下媚眼。「總結就是……電視劇在十二月初的時候就能夠播出了。」

「十二月初是嗎？」

「沒錯，高興嗎？哈哈哈，比我想像得還要快，現在拍攝已經完成百分之六十八的場次了，這股趨勢正旺，長官那邊才會提到播出的順序，之後就會正式公告讓大家知道。」

「好的，非常感謝你。」

邁先生笑得鬍子不停跳動。「不客氣、不客氣，最近很常見到基因先生的身影，我很高興喔。那石頭呢？」

「最近他接了一個企劃，正在籌劃明年的書展。」

「喔！難怪沒怎麼看到他。」

對方點頭表示理解，多說了兩、三句之後，就先行告別去處理自己的業務了，我也走向另外一邊。我沒有看到納十，心想他應該是在換衣服，所以站著等待，並順道思考電視劇播出的事情。

如果問我對於這麼快播出感到高興嗎？其實就……普普通通，畢竟無論如何還是會播出的；但我對播出這件事肯定是會感到興奮的，因為這樣才能真的透過螢幕看到納十還有其他演員修剪過後的完美呈現。

就我所知，在泰國有拍攝完成才播出，以及邊拍攝邊播出的形式，兩種形式各有優缺，但是後者卻能夠邊拍邊更動劇本……

我希望電視臺不要隨著潮流更改劇本最後的內容，站在作者立場，即便一開始我並不想要寫這一類的小說，但也不想要讓自己寫出來的作品與電視劇最後呈現的內容不一樣。

「站在這邊想什麼呢？」

「……！」我嚇了一大跳。

原本我一個人安安靜靜地站著沉思，突然間納十就冒出來，在我的臉旁呢喃……這個臭小子。

「消失得這麼久是到哪裡去了？做完了嗎？」

「嗯，一起回家吧。」

一聽到他的回覆，我就點了點頭，走到外面之前還左右張望一下，擔心這所學校裡面的小粉絲們正在埋伏等待著納十，今天的拍攝還是在大白天進行。幸好劇組工作人員辦事效率良好，阻擋外人進來的地點有人員看守著，停車處也鴉雀無聲，沒有閒雜人等前來打擾。

「基因先生趕著回去嗎？」一關上門，納十就開口詢問。

「嗯？怎樣？」

「我想先去學校拿講義，基因先生要不要先在我們學校前面吃個蛋糕？」

「蛋糕？」我的興致來了，我在發動車子準備倒車之前，轉過去望向提出邀約的人。「好吃嗎？」

「我不吃甜食的，但是那家店曾經登上雜誌專欄。」

「也好，那等一下你去拿東西，我在店裡等。」

一談好之後，我就立刻換檔踩下油門。從拍攝戲劇的大學到納十上課的大學有一大段距離，慶幸的是，這個時段不太會塞車。我打開車用插口上面的隨身硬碟，放出裡面的音樂，接著就安安靜靜地開車，偶爾哼一下歌；納十似乎是在聯繫同學，應該是在輸入 Line 訊息，花了好長一段時間。

不一會兒我就開車抵達了學區，路上也開始慢慢出現堵塞的情形。

「基因先生停在這邊也可以，有停車場。」

「啊，不先送你到大學裡面嗎？」

「沒關係的，進進出出的會不好迴車，先停在這裡，等一下我帶基因先生到店裡。」

納十指著路線，他都那樣子說了，我就沒有太放在心上，車子熄火後稍微調低窗戶散熱用，接著就開門跟著他走下去。納十碰了一下我的手臂，然後把手滑到我的背上推著我往前走。

十八號的大學前面並非沒有其他學生，只是人數不多，因為還沒有到休息或是下課時段。他推開店家玻璃門讓我先走進去，我立刻聽到輕輕的尖叫響起。兩、三桌女學生們好像從我們在外面的時候就注意到納十了，等他一走進來就興奮得不得了。

我見狀不禁感到不大爽快……怎麼不讓我也帥個一回。

納十並不怎麼在意，或許是習以為常了，他帶我坐到窗戶邊的一個座位，接著拿起菜單放到我面前。

「我去去就回。」

「嗯，好的。」

「乖乖坐在這邊別亂跑，如果太慢就打給我，ＯＫ？」

「好啦，我不是小孩子，快去，越拖越久。」

納十盯著我笑，我好端端地坐著，他突然伸出手放在我頭上，接著就轉身走出店外；至於坐在店內拿著菜單的我，只能無奈地盯著對方的背影。

這孩子認識久了，就越來越放肆了。

我專注地盯著菜單上的十款蛋糕，店家把每一款蛋糕都放上圖示，看得我口水都要流下來了。我不是一個食量很大的人，不過很喜歡吃甜食，忍不住點了兩塊蛋糕。我看到菜單上面也有甜蛋絲蛋糕，忍不住想起媽媽……後天找時間回去一趟吧，上次回老家也才待了一下子。

店員端上甜點之後，我就坐著品嘗起來，邊吃邊玩手機，但是有點不自在，因為先前那些見到納十就尖叫的女孩們正盯著我。

喀嚓！

「……！」我嚇了一跳。

按相機快門的聲音傳進耳裡，我一轉過頭去就發現其中一個女孩子快速地把手機蓋起來，那人還被同桌的朋友舉起手來自首。

「對不起，弟弟你實在是太可愛了，我朋友她很瘋男人。」

「臭荻茵！」

我除了靦腆地笑了笑，並沒有說些什麼，也沒有解釋她們對我年齡的誤解，轉回來繼續專注面前的蛋糕上，不過這次我是坐著背對店裡每一桌的人吃蛋糕。

我吃完一盤差不多也飽了，所以第二塊蛋糕得休息一會兒才能吃得下，就在這個時候，尖叫聲又響了起來，不需要浪費時間猜想就知道是納十回來了。

納十手上拿了一份透明資料夾走進來，但是這次他不是一個人回來，旁邊還有兩位男性友人。不過納十的身高實在太過顯眼，經過任何人旁邊，任誰都會回過頭去看。

「跟納十走在一起，怎麼感覺自己的帥氣程度掉了百分之三十。」

「你有過嗎？帥氣程度。」

他們走過來停在我的桌子旁，而我只能傻傻地看著他們。

「等很久了嗎？」納十問道。

「沒關係的，我都還沒有吃完……你朋友嗎？」

「嗯。」

「你要跟朋友一起出去嗎？」

「沒有，他們想要吃蛋糕，所以才跟過來。」納十邊說邊一屁股坐在和我同一側的椅子上，至於另外兩位朋友則是坐在另外一側。

這兩個人掛著燦爛的笑容，看起來很友善，其中一個人發現我的視線，笑得眼睛都瞇起來了。

「你好。」

我一時之間差點來不及回禮。「你好。」

「這就是基因先生嗎？眼睛大大的，臉頰圓圓的，超可愛的。我叫維恩，這位是邢，看他這顆海膽頭，因為在開學之前跑去出家了。」

「你個畜生，有必要見人就說嗎？」

「才沒有，超帥。」

我禮貌性地微微一笑，回應對方的友善。維恩依舊帶著笑意，眼神不停地打量我。

「我聽邇頤說過好幾次基因哥的事情，這才有機會能夠見到本尊。」

「邇頤？」

等等，邇頤為什會提到我的事情啊？

「嗯，這個納十什麼都不肯說，除非我們開口問。現在我這個朋友跟基因先生住在一起是吧？」

「是的。」

「覺得納十怎麼樣？」

我一頭霧水，所以也就回答得模稜兩可：「不錯啊，納十的個性很好。」

「我贏了！」

維恩突然大聲脫口而出，整間店裡的人都回過頭來看他，他轉過去抓住邢的手晃了晃，至於我則是從原本困惑的表情變成了訝異。

「贏了什麼啊……」

「維恩、邢，要點蛋糕了嗎？」

坐在一旁的納十倒是先把薄薄的一本菜單推到朋友面前，那兩位弟弟稍微愣了一下，然後嘿嘿笑了，趕緊拿起菜單來看，看不到五秒鐘就起身走到櫃檯點餐。我轉過頭去看向身旁這個人……本來就盯著我看的納十，一和我四目相交就露出笑臉。

「好吃嗎？這間店。」

「嗯，很好吃。」

「要外帶一些嗎？但是只能外帶一片喔，小心肚子跑出來。」

見那雙銳利的視線往下移到我肚子上，我就忍不住抬起手來揉捏看看。

「才不會跑出來，不是我想要炫耀，我很幸運，不知道為什麼，吃多少東西都不會胖。」

對方聞言豎起眉毛，但是嘴上還是掛著一抹笑意，在我還沒有反應過來的瞬間，他就把手穿過我的手臂下方，放在我的小腹上面，輕輕地捏了一下，嚇了我好大一跳。

「嗯，真的耶。」

「……」

「但是像這樣子軟軟的肚子，也得注意血液裡面的糖分過高喔。」

我還來不及抬起手打他，先不服氣地回嘴道：「我也沒有吃那麼多好嗎？」

「好，好。」

那張笑臉一副示弱地回應，實在是非常的欠揍。

不久之後，納十的朋友各自拿了一盤蛋糕回來，坐回原來的位置上，既興奮又雀躍地看著眼前的甜點。除了像我這種本來就喜歡甜食的人，久久一次難得有機會見識到其他男人為了這種可愛的甜點這麼興奮。

「先上傳到ＩＧ，更新一下狀態。基因哥，要不要一起拍張照？」維恩這個積極的孩子看起來特別機靈，轉過頭來邀請我，我本來想要拒絕，但是一看到他閃閃發亮的眼神就點頭答應了。

自從認識了這些年紀小的孩子們，我才發現自己是很容易心軟的人。

「跟納十一起拍照吧，過來、過來。」維恩把鏡頭轉過來。

當我聽到要跟納十一起拍照之後猶豫了一下，側身稍微看了看旁邊這個人，不過見他眉開眼笑地沒有說什麼，我這才轉回去對著鏡頭咧嘴。

「快要跑到鏡頭外面了，想要看到你們兩個人的肩膀，稍微靠近一點。」

我和納十同時移動身體，這下子竟然變成靠在一起。納十個頭比我高，要拍照的時候，他把一隻手臂放到身後，彎下身來靠近我。

「OK，要看嗎？要是不帥，我重拍。」

我不是很在意地搖了搖頭，但是納十卻伸手接過來看，很滿意地回覆道：「傳過來，等一下我自己上傳。」

「啊？你要上傳啊？」

「嗯。」

「哇！說不定會有星探藏身在你的IG裡面，記得標注我啊，才能讓對方發現我。」

納十並沒有回應，拿起他自己的手機打字；而我對這種事本來就不怎麼在意，並沒有想要發布在IG或是其他地方，因為我發布的照片通常都是咖啡，或者是一些讓自己看起來像是個成熟大人的東西……非常地做作，呵呵。

雖然並不曉得是要做作給誰看，追蹤我的人也不過才一百多人。

「基因先生，帳號名稱是什麼？等一下我標注你。」

「Gene_1418。」說完後，我又低下頭去吃另外一塊蛋糕。

納十的朋友接下來就沒有課了，因此我們在店裡坐了一個多鐘頭，一開始跟他們這樣坐著吃甜食還覺得有些尷尬，不過還好有維恩興高采烈地聊天助興，除了問我問題，還說了很多事情給大家聽。

直到有越來越多人湧進店裡，當然是因為納十的緣故，我這才提議回去，因為開始感到不自在了。

一上了車，我就向納十搭話：「你的朋友很可愛呢。」

「是嗎？」

「嗯，你上大學之後才跟他們變要好的嗎？」

「對。」

「我怎麼沒有看你和朋友們出去過？朋友們都有交往對象了嗎？」

納十皺起眉頭。「基因先生為什麼會想要知道？」

「喔，就隨便問問啊。」

「如果要問，問我的事情比較好。」

我露出古怪的表情。「為什麼我要問你的事情？我已經知道了啊。」

「你確定嗎？」

一談到這裡，車子剛好碰上紅燈，我藉著這個機會轉過頭去看看坐在身旁的人，發現他揚起一邊嘴角。

「那你知道我喜歡什麼嗎？」

「知道，我啊。」

聽到我斬釘截鐵地回覆，納十輕輕地笑了起來。「真厲害。」

「當然嘍，我就知道你要玩這個哏。」

交通號誌轉成了綠燈，所以我趕緊轉回來專注地開車，在那之後我們就沒有繼續交談了，但是我卻意外地感覺到非常自在。

數到十四

我已經清醒過來了，但是還沒有睜開眼睛，手先往枕頭旁邊胡亂地摸了一把，為了找尋手機。

這個長方形的物品，應該已經變成全世界人類的一個重要器官了。當我一滑開螢幕，強烈的光線使我瞇起雙眼，動手調低螢幕亮度，眼睛適應了以後，第一則訊息提示讓我皺起眉頭。

Kookzuza，notter13 另有 315 人開始追蹤你。

給我等一下。

我眨了好幾下眼睛，看著ＩＧ標誌，它久久才會出現一次提醒，但是今天竟然有人喜歡我上傳的照片，而且還增加了追蹤人數，這真的太令人驚訝了，居然增加三百多人。

三百多人？三百多人耶！

上一次登入應該是昨天晚上，那個時候追蹤的人數才不過一百幾十個人而已，這三百多人是從哪裡來的？我的臉上出現一個巨大問號，忍不住想點進去看。才一個晚上，追蹤人數竟然暴增到四百多將近五百人，這實在是太古怪了，瀏覽過後發現這些人並不是我認識的。

一瞬間，大腦最聰明的部分似乎是想起某件事情。

……昨天納十標記了我啊，他要了我的ＩＧ帳號，接著應該是追蹤了我，但是從蛋糕店回來之後，我就只知道埋頭寫小說、看電視劇，完全沒有拿起手機確認任何一個ＡＰＰ。

我點進去看納十的ＩＧ。

納十的官方帳號，我在遴選之前就已經先從他的履歷上看到了；至於這個，應該是他本人所使用的帳號，多用來上傳照片而已，追蹤人數比官方帳號少了一些，但是追蹤數是三位數，後面還加了一個Ｋ，證明他受歡迎的程度。

nubsib t「照片」1/2
55,497 個按讚。
觀看留言，總共有789筆。
23小時之前。

納十上傳了兩張照片，沒有寫任何訊息。第一張照片是我跟他的合照，我對著鏡頭咧嘴笑，至於納十則是掛在嘴邊的招牌淺笑，下巴以及側臉靠著我的頭。當我看見自己，眉頭就打了個結……我笑太開了！應該要笑得帥帥的，要更注意形象一點才對。

至於另外一張照片，則是維恩與邢舉起蛋糕盤的照片，兩個人的燦笑不分軒輊；但是我按進去看了留言之後，發現最受歡迎的留言跳到最上方，眼睛差點掉出來。

asnaka：在納十旁邊那個人叫做「基因」，是納十演出的那部電視劇的小說作者。

（回覆）jemini2015@asnaka：作者是個男人啊？

（回覆）prewpro_@asnaka：哎，這件事情，除了遴選演員之外，對作

者來說也是個不錯的工作是嗎？

（回覆）allymycat@asnaka：可愛呀！追蹤一下，哈哈哈哈。

（回覆）hi_earn08@asnaka：在推特裡面有標籤喔。＃基因先生不是司機啊。

Tang·Mo：那個笑得很開懷的人叫做維恩對嗎？另外一個是邢，阿姨記住了，不過還有一個小弟弟是誰啊？真可愛～

——觀看回覆留言「４」。

Jrmit_：又被帥了一次，把媽嚇壞了。

我蓋在毛毯下面的身體冷汗直流，差點就要滴到床裡面去了。

操！網友們已經知道我是作者了，是從哪裡得知的也不曉得，但是我的照片像這樣子被上傳，我差點就要挖洞把自己埋起來了，對於追蹤人數增加了三百多人不再感到疑惑。

我讀過留言之後，趕緊退出ＩＧ，隨即登入到藍色小鳥的ＡＰＰ，在搜尋欄上面輸入「＃基因先生不是司機」，這個標籤還不是很熱門，但是第一個跳出來的東西是：

恁爸的照片。

討論度最高。

熊群 @fcscandle：

從納十的ＩＧ上面發現了一個很可愛的男人，眼睛大大、臉頰鼓鼓的，所以就去找來看看。總結一下資訊，他叫做「基因」，是《霸道工程師》的小說作者，之前有人在推特上發布，跟餐廳裡面站在納十旁邊的是同一個人，看他是達姆哥的朋友，也就是納十的經紀人。備註：這些照片是出自於本尊的ＩＧ喔。＃BadEngineerTheseries ＃霸道工程師＃納十

「照片」「照片」「照片」

22則回覆，2489轉推，896按讚

（回覆）ben77TM：他是作者嗎？可愛耶，發現作者是男人的時候有一點意外，哈哈哈哈哈。

（回覆）尋找愛偷偷摸摸的人'ss：喔唷？這不正是＃基因先生不是司機嗎？

（回覆）Max:)：是這個人嗎？和納十在直播裡面牽手的是這個人對嗎？

（照片）

（回覆）Love Visa<3：靠那麼近拍照是什麼關係啊？哈哈哈哈哈。

（回覆）Nanako coco：求ＩＧ。

我看了兩、三則推特就跳出ＡＰＰ了。一早醒來發現自己和其他演員一樣受到關注，面對這個情況不曉得該怎麼反應，雖然人數還不是很多，但也有一定的數量。

第一個反應是害羞，我不是明星呀！被放了那麼多張照片在上面，怎麼可能不害羞？而且手機自拍照還完全沒有修圖；最令人害臊的是，被別人知道了我是寫男男愛情小說的作者。當初有人聯繫我，請求製作成電視劇的時候，我雖然跟父母解釋過，但除了家人還有很要好的朋友之外，我不曾跟別人說過這件事……

我害臊地躺在床上賴了好幾分鐘，最後用力地甩甩頭，決定不要去想太多，我不是明星，和納十或是邇頤他們不一樣，過一陣子大家自然就不會再繼續這個話題了。

一想到這裡就舒坦一些，我下床去洗澡刷牙，但是當我走到外面後，傻傻地頓了一下，因為撞見客廳此時有兩個人正在談話。

「喔，基因，醒來了嗎？」

「啊，嗯。」

「你最近起得很早。」

「因為最近我很早睡啊，昨天晚上凌晨四點就睡了。」

「凌晨四點一點也不早好嗎？」

納十柔和的聲音插了進來，當我一轉過頭去看，原本站在另外一邊的他就走過來，伸手抓住我溼潤的髮尾。

「為什麼不好好擦乾？」

「嗯？喔！放著等一下自然就會乾了。話說，你的經紀人是過來做什麼啊？今天不用去拍攝現場嗎？」

「今天不用去拍戲，但是有增加一些電視劇的名片宣傳照拍攝。」達姆代替他回覆。

「喔！」

沒錯，昨天導演邁先生也有告訴過我，說要邊拍邊播出，很多事情應該也都已經準備好了。

「要去看嗎？一起去吧。」

「我可以去嗎？」

「啊，當然可以啊，你是作者，問這什麼奇怪的問題。」

我聽了之後心花怒放，本來想說要先去買些簡單的東西來吃，然後再回來坐在筆電前收心凝神。自從上次跟編輯談完之後，我就沒有再交出什麼作品了，或許是因為我最近太常跑去拍攝現場了也說不定。

到外面換一下氣氛也好。

「那等我一下，我馬上去換衣服、戴隱形眼鏡。」

「嗯嗯，不用趕，還有很多時間。」

我回到房間換了一套衣服，不一會兒工夫，外型就變得比原先要來得更有看頭。「我準備好了，要直接出發還是怎樣？」

「基因先生還沒有吃飯不是嗎？」納十開口。

見我點了點頭，達姆就接著說道：「在廚房裡面有一個便當，納十託我一起買過來的，先去吃吧，等會兒我跟納十再談一下事情。」

「喔，Thank you。」

我不想辜負這兩個人的好意，放他們去談話，自顧自地走進廚房坐著吃飯，一下子就吃得乾乾淨淨，接著納十走進來看情況。

一個鐘頭後，我們抵達了拍攝的工作室。今天我沒有開車過來，而是搭了達姆的順風車，他晚上似乎是沒有工作要忙，所以我才提議今天晚上要請他吃一頓——之前欠他的——然後才好再拜託他開車送我回公寓。

工作室位在一棟大樓的十樓，搭乘電梯上來之後，筆直的走道盡頭有一間房間，接著我就看到工作室的環境以及忙碌工作的人們。

中間的空地有一大片長長的白色背景幕連接到地板，旁邊則是一些反光傘、柔光箱以及其他道具，協助拍攝照片與定位用。

我掃視了一下四周，想把這個畫面記在腦海裡，以防未來有一天會寫一個有關娛樂圈的故事。

「基因先生。」

「嗯？」

「等一下跟達姆哥待在一起喔。」

我轉過去朝納十翻了一個白眼。「真是的，老是喜歡把我當孩子一樣說話，快去準備啦。」

納十和其他人得準備拍攝，要拍的宣傳照包含有團體照，再來就是個人照，現場的演員除了納十和邇頤兩位男主角之外，還有其他幾個重要角色。

我發現邇頤時，邇頤也看見我，我們互相凝視半晌，結果還是由他先別過臉。自從那天納十說跟邇頤談過之後，他就不再看我的臉，也完全不跟我說話了……我有些鬱悶而且也可惜了這段關係，不過我盡力不將這件事情放在心上。

我愉悅地看著其他人工作，但是看了許久後，由於沒有看見納十，便開始覺得乏味了。我轉頭回去看達姆，發現他忙碌地來來回回盯著手機螢幕以及手中的紙，所以簡短地告知他，我要下去買咖啡來喝。

「不要拖太久喔，等一下納十拍完沒有看到你，他會找我麻煩。」

「我不是納十的小孩，不要太超過。」

「嘖！」

聽到他非常白目的聲音之後，我實在是很想揮過去，但是又不想浪費時間跟他爭論，所以轉身推開一扇又大又重的鐵門，往外頭電梯走去。

在上來這棟大樓之前，我就發現了一間小咖啡店，我點了一杯熱卡布奇諾想拿到樓上去享用。

「熱卡布奇諾好了。」

「謝……」

「另外一杯是冰摩卡，這是找零。」

這時某個人把手伸向店員，紫色的鈔票被放在櫃檯上，我跟那位女店員同時愣了一下，當我一轉身就看到某個人帥氣的面容。

當我們眼神一交會，對方就揚起了眉毛。「我請客。」

「賽莫弟弟。」

對方點點頭，指向玻璃櫃裡面的麵包。「還要吃些什麼嗎？」

「不了……等等，不用請我啦，我自己付。」

「沒關係、沒關係，一杯才不到幾塊錢。」

這個站在我旁邊要付錢的男人是賽莫，是那位曾經來遴選男主角的五號，而且我還說過，他的樣子看起來太過狡猾，與肯特的形象不符。對方接下的角色是韃彎，大約在上個星期才輪到他拍戲，我看過之後就一直記得他的臉，直到今天才有機會跟他正式談話。

「基因哥年紀多大了？」

我已經拿到了卡布奇諾，不過由於是對方請客，禮貌上還是得站著等他拿到他的冰摩卡。

「二十六歲了。」

賽莫睜大了眼睛。「真的嗎？臉看起來很像是小孩子，如果不知道你已經畢業了，會以為是高中生。」

「是嗎？」

一聽到這裡，我忍不住皺起眉頭望向店家裝飾在牆壁上的玻璃，看見自己的臉被照出來，轉到左邊看了一下，又轉到右邊看了一下，接著忍不住伸出手去整理瀏海。

會不會是因為這個髮型呢？找個時間去理髮店讓設計師推薦一下更有型

的髮型好了。

「那麼現在已經拍攝完成了嗎?」

「休息時間,等一下再拍最後一張團體照就結束了。」

「喔!」

當賽莫接過冰摩卡之後,我們就一起往樓上走。他跟納十的朋友維恩一樣,是個很友善、很好相處的人,但是看起來比較沒那麼機靈。在走路以及等電梯的時候,我們有一搭沒一搭地聊著,不過一會兒,我就得知他現在就讀大學三年級,演電影已經有好長一段時間了,但是更喜歡唱歌方面的工作,明年就要初次登臺。

「這次的遴選是我姊姊不斷拜託我來的,她是個腐女。」

還知道腐女這個字……不錯嘛。

「她還是基因哥的粉絲,光是這一部作品,她就買了兩本小說收藏,一本拿來看,另外一本用來保存。我出來拍攝之前,她還拜託我要把書帶來給哥簽名。」

「真的呀?可以拿過來喔。」

「可以嗎?」賽莫詢問,見我點了點頭,就笑了出來。「我保證她知道以後會放聲尖叫。」

我不禁露出笑容，每次只要聽到有人喜歡自己的作品，心情都會非常的好。即便一開始我還不太想要寫ＢＬ小說，或者是認為自己不適合，但最終還是忍不住覺得喜悅。

「那麼下次我再帶過來給你簽名，什麼時候到拍攝現場順便告訴我……咦？」

「……？」

「十。」

當我們走進工作室裡，賽莫嘴裡喊出來的名字，讓我也跟著看過去，接著就發現身材勻稱高眺的納十站著擋在那兒。

納十面無表情地盯著賽莫，沒有表現出任何情緒。「工作人員在找你，不知道嗎？」

「怎樣？到樓下買咖啡，才一下子而已。」

「……」

「ＯＫ！」賽莫聳肩，回答得很簡短，接著轉過來對我說道：「別忘了我們說好的喔，下一次我再帶過來給你。」

見我點了點頭，賽莫就走向另外一邊的工作人員，也許是去補妝或者是重新整理頭髮什麼的。我稍微看了一下他的背影，卻被納十用四根手指頭抓住下巴，硬是把我的臉轉了回來。

他依舊掛著淺笑，但是濃密的眉毛稍微皺了起來。

「別忘了我們說好的。」

「嗯？」

「說了什麼？」

「哦，賽莫的姊姊想要讓我幫她簽書。」說的同時，我笑得很開懷。「所以他才說下次要把書帶過來給我。」

「喔。」他輕輕地點了點頭。「以後不准隨便跟別人聊天，這樣子很危險。」

「哈？怎樣子危險？」

我一頭霧水地反問，但是納十不回答，把手放在我的背上，接著使力讓我移動腳步走到另外一邊。

只剩下最後一組大合照就可以結束拍攝了，工作人員說快要完成了，每個人看起來都很專業，幾乎沒有什麼問題。又過了好一陣子之後，當全部的演員在更衣、卸妝時，有一位工作人員特地走過來，邀請我去看剛剛所拍攝的照片——就算剛來的時候我並沒有跟任何人透露身分。

工作人員解釋，這次的拍攝概念是從劇組以及所有經紀人那邊獲得的，居然還特地向我介紹，我不禁佩服不已。

之後我走回去找那兩個正在等我的人，說道：「走吧，吃飯，待會兒我請客。」

「請吃什麼？第六巷裡面的麵是嗎？」

「MK。」（註1）

達姆睜大眼睛。「誰之前說請吃麵的？」

「喔！敢情你是想要吃麵嘍？」

「涮涮鍋、涮涮鍋，走走走。」

那傢伙立刻伸出手臂搭在我肩膀上，另一隻手就拉著納十一起離開工作室，一副深怕我會變心似的。

這一餐我請客，我本來就不是什麼小氣的人，因此叫這兩個人隨意點。百貨公司裡的這間MK分店離公寓不會太遠，因為待會兒達姆要開車送我跟納十回去，所以我等一下還想順道去麵包店買些點心，準備明天送給爸爸、媽媽，還有老家附近的親朋好友，難得有人陪，能幫忙挑選也好。

一回到家裡，我就一邊把全部的點心袋都放到冰箱裡，一邊對納十說道：「最後決定沒有要住三天。」

註1　泰國知名平價連鎖火鍋店。

「還是要過夜啊？」

「嗯，應該會住一、兩個晚上，一個人住可以吧？」

「如果我說不可以呢？」

「那我就會問說你幾歲了？」

「我會寂寞。」

還在收拾東西的我白了對方一眼，選擇改變話題：「那就麻煩你照顧一下房子，有事就傳訊息給我。」

「如果想你可以傳訊息給你嗎？」

沒有想過會聽到這個問題，我忍不住停下動作，轉過身去看著對方，發現納十倚靠在廚房的門框上，嘴上有著淡淡的笑意，看了我之後就呵呵地笑出來。

「如果不是重要的事情我就不會回覆。」

哏不好笑，搞得我不曉得該怎麼接才好，這孩子真是……

隔天。

決定要回老家之後，我就設定鬧鐘準備一大早起床。即便昨天晚上比較早睡，但還是預防一下，以免自己賴床繼續睡下去。梳洗過後，我走出去整理要帶的東西，時間還很早，納十應該還在睡覺，所以我盡可能把動作的音量降到最低。通常我要回老家過夜時，我會仔細地檢查屋裡一切，但是這一次已經有人幫忙看家了，所以並沒有特別周詳。

我的老家位在相當遙遠的外縣市，幸好一大早出城不大會塞車，通常在市中心通勤上班、上課的路線比較容易塞，不過我還是花了好一段時間才抵達。

通過警衛室之後再前進一點，轉彎經過一個大型的池塘，再把車子開到接近社區的盡頭，就會出現我非常熟悉的屋頂；至於往旁邊數過去這三棟屋子，是這個社區裡面最貴、最大的。

我拿著家裡鑰匙下車打開圍籬大門，還沒來得及推開，身材矮小的卡拇伯伯先跑了過來。

「基因，伯伯來幫你開。」

我雙手合十行禮。「沒關係的，等一下再麻煩卡拇伯伯關門就好了。」

我們家沒有請幫傭，只有卡拇伯伯還有他的太太——怡恩伯母——幫忙照料家裡。他們兩位是媽媽要好的朋友，以前卡拇伯伯曾經在爸爸的公司擔任警衛，非常認真工作，幾乎沒有請過假，但是年事漸高，爸爸才會提議讓他帶著怡恩伯母一起來家裡幫忙工作。我小時候就認識他了，他老是跟鄉民們提起基因。

我分了一些伴手禮給他後，直接走進屋子，發現媽媽正在客廳滑手機，我發出聲音打招呼。

「在做什麼啊？」

「哇！」媽媽稍微被嚇了一跳，一轉過頭來發現是我，接著就板起臉來。「鬼鬼祟祟地也不出個聲音。」

我站在門前，笑著說道：「又在跟朋友聊天了是嗎？」

「不然是要讓媽媽做什麼啦？」

「吃點心，啊，我買來的伴手禮。」我把所有東西統統放在沙發前的桌子上。

雖然前一陣子才回來過，但一看到媽媽我就想要抱一下，所以移到媽媽旁邊，整個人依偎著她，她這才願意轉過來緊緊抱我一下。

「怎麼想到要回來呢？之前才剛回來過，媽媽還以為要再過一輩子才能看到你的臉呢。」

「之前有一位弟弟帶我去吃蛋糕，看到了甜蛋絲蛋糕就想到了媽媽。」

「喔！沒有看到蛋糕就不會想到是嗎？」
「想——」
「所以呢？有幫媽媽買甜蛋絲蛋糕嗎？」
「沒有。」看媽媽一臉失落的樣子，我打開袋子來看。「我買了不會太甜的全麥蛋糕，之前媽媽已經吃過甜蛋絲蛋糕了，吃太多小心會得糖尿病喔。」
「媽媽什麼時候吃太多了？如果基因不回來，媽媽哪有得吃？」
「喜歡吃就讓杰普哥跟爸爸去買啊！以為我不知道嗎？」擔心媽媽吃不到喜歡的東西而賭氣，我趕緊改變話題：「外公現在怎麼樣了？還有糖絲，今天怎麼沒看到牠衝過來迎接我？」
「外公在樓上睡覺，晚一點應該就醒了，至於糖絲，怡恩正在幫牠洗澡。」
「喔！那我就先跟媽媽坐在這邊吃點心，我去拿盤子。」我走進廚房裡拿盤子，再回到客廳享用點心，然後又跟媽媽聊了大概兩、三個鐘頭。
當我跟媽媽說今天要留宿，雖然她一臉訝異的神情，但看得出來她很高興。當我們聊到已經不曉得該聊些什麼了，這才打開手機玩一下社群軟體。
之後我走到屋子後面，然後坐著跟糖絲玩到傍晚。
接近晚上六點的時候，爸爸還有杰普哥才從公司回來，手裡拿著酸羹以及好幾樣菜餚——白天的時候媽媽發送了 Line 訊息給他們，說我今天回家了。

「如果你每天都待在房間裡寫小說，那回來住家裡也可以吧，基因？」

我從裝著白飯的盤子上抬起頭。「那樣房子就要荒廢了，爸，我好不容易存錢買的。」

「丟著也沒有關係，什麼時候有去曼谷再住不就好了？」

「但是最近很忙，就是小說被拿去拍電視劇的事情，之後再做決定比較好。」

「喔，自從你打電話回來說要拍電視劇，都還沒有機會問，怎麼樣？你的電視劇？」這次是由哥哥問道。

杰普哥一開口問這件事情，爸爸就立刻閉上嘴巴乖乖吃飯。

可能還是覺得不自在吧……

當我跟家人說，小說會被拍成電視劇播出，媽媽跟杰普哥看起來有點興奮，至於爸爸只是靜靜地應了幾聲。實際上他也為我感到高興，只不過我寫的是男男愛情小說，自己的兒子寫這類型小說，或許也不好跟別人炫耀，我能理解。

我們家的成員對同性戀並沒有什麼偏見，但即便這件事情近來越來越被大眾接受，對長輩而言還是很難說得出口。

我寫ＢＬ小說時其實也不太想要說出來，若不是要拍成電視劇，我可能這輩子都不會說出口。那個時候猶豫了好久，不知道該不該說，但一想到如果真的播出了，他們事後才知道，可能會衍生出更多的問題。

至今還記得當時家人的表情……解釋了一整天，他們總算才理解我不是同性戀。

「就快要播出了。」

「是嗎？那麼男女主角是由誰飾演？」

「我們稱作受方男主角。」

「都一樣啦，所以到底是誰？我認識嗎？」

「應該不認識吧？演員是年輕人，他演的第一部戲就是我的作品。」

事實上新聞已經公告演員名單好一段時間了，但是大家不知道也不是什麼怪事，這件事情只有追蹤納十的粉絲群才會知道。雖然他很有名，但也僅限於年輕人的圈子，而且我的電視劇還是他的第一部作品。

「要是紅了別忘了媽媽呀。」

「吼，媽，是要忘什麼啦！」

我們邊吃邊聊，就這樣過了一個鐘頭。接著我陪媽媽上樓去餵外公吃飯，做這做那的，時間一下子就來到十點，我這才回到自己的臥室洗澡休息。

我吹著涼爽的冷氣，把頭靠在床頭上，躺著玩手機。我已經有兩、三天沒有發布IG照片了，正在挑選要發布哪張照片好。我選了一張頭髮跟衣服都溼透的照片，褲管被折到小腿上，拿著吹風機對著相機燦笑；但是照片中的亮點反而是糖絲，毛溼溼地坐在中間滴水，我刻意讓糖絲成為這次的男主角。

這張照片裡的我看起來不太像是個大人，但是見糖絲如此可愛，所以才下定決心要選這張照片發布。

「白色的糖絲，今天溼透了，但是並沒有在水裡融化。哈哈哈哈。」

唔……看起來有點智障，這張照片沒有形象就已經很糟糕了，起碼發文不應該這麼瘋瘋癲癲的。最後我修改成短短的糖絲兩個字，再加上一張狗狗貼圖。

照片發布之後，我就像往常一樣退出APP，繼續玩不同的東西，但是IG的訊息通知卻不斷跳出來，使得我必須再點進去查看……並不是因為增加了追蹤人數，以前哪有這個情形？

nubsib·t：可愛。

（回覆）cheery22：什麼可愛？狗狗還是人？呵。

（回覆）im_supergirl：是不是？基因哥很可愛是吧！

（回覆）tobTH：如果讓我搬去和十基一起住，有人會責備我嗎？哈哈哈哈哈。

Ortum_：基因哥，讓我完全睡不著了，可以多發幾張照片嗎？哈哈哈。

jameJr：基因哥跟糖絲都好可愛喔。

那傢伙為什麼要來留言……

回應我的人並不多，但是在納十底下回覆留言的反倒是特別多，我看了之後不曉得該怎麼辦才好，最後決定幫每個人都按個讚，然後就直接退出APP。在這之後，有任何人回覆也不會再跳出訊息了，我退出來看東看西，打算再過一會兒就要去睡覺，因為今天也是一大早就醒來了，不過……

叮咚！

nubsib：還沒睡嗎？

Line訊息傳了進來。

Gene：還沒，有事嗎？

nubsib：想你。

畜生！

Gene：在搞笑嗎？

Gene：（發送貼圖）

Gene：如果是在白目就不要發訊息過來，我說過不重要就不會回覆。

nubsib：這不是在回覆嗎？

Gene：還不是以為你有急事我才回覆的，我不回了。

nubsib：（發送貼圖）

對方發送一張橘色小浣熊落寞地坐著刮地板的貼圖，看著很令人不悅，使用了那麼可愛的貼圖，但是和他本人的形象完全不符。

nubsib：又開始對我狠心了。

Gene：狠什麼心，去睡覺啦，很晚了。

nubsib：不想睡。

nubsib：可以視訊嗎？

Gene：不可以。

nubsib：ＩＧ不要上傳太多照片呀。

我豎起眉毛看著對方傳來的訊息。

nubsib：追蹤基因的人已經很多了，我不想要讓其他人看到。

Gene：像你這種人還會嫉妒別人啊？

nubsib：我看起來是那樣嗎？

一看到對方輸入那樣的訊息之後，我敢保證十八號肯定是覺得有點好笑。那孩子帥氣的臉龐在我腦海中一幕幕浮現，我也忍不住在鍵盤上面打字回覆。

當我回過神時，發現自己跟納十發送訊息互相調侃到三更半夜了……

「呵……」我嘆了長長的一口氣，並不是因為壓力才嘆氣，而是因為太過平靜與舒適，所以才會忍不住一邊伸展軀幹嘆息，一邊跟著耳機裡面的輕柔音樂哼著歌。

昨天晚上我睡得很沉穩也很舒服，一早醒來完全沒有睏意或是打哈欠，或許是因為回到家裡面過夜，而且睡前心情還很好的緣故。

不確定到底睡了幾個鐘頭，但似乎是跟納十聊到一半就睡著了。我打開LINE看先前的訊息，內容差不多就是「睡著了嗎？」，最後的訊息是祝我有個好夢。我並沒有回覆他，因為在這之前就已經先拿著手機睡著了。

說真的，這是我第一次和別人這樣子漫無目的地聊了好幾個鐘頭。

「基因！」

媽媽模糊的聲音讓我豎起耳朵聽，我從吊床上面撐起身體，轉頭看過去。「是。」
「基因，放在廚房桌上的點心是要給誰的？為什麼那樣子丟在那裡？」
「哦，是要給甌恩阿姨的，媽。」
「啊，那你為什麼不拿過去？媽媽做飯要用到桌子。」
「喔，那我等一下直接拿過去好了。」我一說完，裡面就安靜了半晌。「甌恩阿姨在不在家啊？」
「甌恩阿姨一直都在家，趕緊拿過去給她，喔！媽媽想託你把柳橙汁也一併帶過去，放在冰箱冷凍庫裡面。」

我順從地點了點頭，關掉音樂後就去廚房，拿起桌上非常占空間的伴手禮以及柳橙汁，接著就出門了。

甌恩阿姨是我們的鄰居，她家就是最高級、最昂貴的那三棟房子當中的其中一棟。不只是那樣，阿姨的先生還是我們整個社區計畫的擁有人，我小時候老是喜歡往她家跑，因為她家有游泳池，但是我家沒有。由於我長往那兒跑，所以跟她兒子也變得很要好，好到差點就要滴血結拜成兄弟了。

我沿著圍籬一直走下去，這副景色令我想起了從前，但或許是因為太過久遠了，所以我大部分的事情都記不得了。升到高中之後，我就請求爸媽讓我搬到學校附近的宿舍，地點在市中心；甌恩阿姨的兩個兒子也都搬到國外繼續深造，我不常回家，當然也就沒有再聯繫了。

我的視線停在金黃色字體的家族姓氏門牌上，「塔納幾派森」的名牌就掛在門鈴附近。

手指都還沒按下電鈴，門鎖倒是先解開了，同時大門也自動滑開來，我整個人愣在原地。

原先還以為是有人從監視器看到我才開門，但隨即卻有一臺高級的黑色歐洲進口車開了出來。

叭！

「基因。」

「哥……一哥。」因為被嚇得還沒回魂，我反射性對著一位長相帥氣、臉上戴著一副大墨鏡的男人輕輕地喊出名字。「哥為什麼要按喇叭啊？」

「呵呵，抱歉啦，來找媽媽的嗎？」

「對。」我點了點頭。

一哥沉默片刻，接著露出頗具個人風格的笑容。「媽媽剛好在家，我才剛送她回來。」

「喔！那哥呢？不用去公司嗎？」

「我是順道回來拿文件的，把媽媽送回來，正要趕回公司呢。」一說完，他就抬起一隻手把墨鏡稍微往下拉一點，深黑色鏡片底下的眼睛緊緊地盯著我，像是在審視一樣。「好久沒有看到你了。」

「就……我不太常回家。」我尷尬地笑了一下，被對方這麼一說，真的覺得自己是一個非常不孝的孩子。

一哥是甌恩阿姨的大兒子，他跟我相差兩歲。就我所知，一哥他五年前就從國外回來了，一回國就幫著他父親共同管理公司。我久久回來一次會經過他們家門前，但是次數非常的少。

「嵐姨、堤普叔很想你，今天就在我家吃飯吧！我媽應該會很高興。」

「我得先跟家裡報備一下，我回來只住兩天而已。」

「那我邀請嵐姨、堤普叔還有杰普一起來，ＯＫ？那等一下再聊，我快趕不上開會了。」一哥邊說邊揮揮手，我點了點頭，他指向屋子讓我走進去，接著就按下遙控器把圍籬大門關起來。

當車尾一消失在我的視線中，我就轉過身去面向那一棟大房子，估量了一下從這邊走到裡面的距離之後，整張臉都要癟下來了。

孽障，早知道剛剛就按門鈴讓裡面的人出來接送還好一些，一哥他這樣開門放我進來，我不就得拖著腳走好幾百步了嗎？

經過了位在中央用來迴車的落地式噴泉，又經過了一間很高檔的車庫，媽媽託付我帶過來的冷凍柳橙汁都快要融光了，但無論如何我都必須走到前陽臺。

還來不及伸長脖子往裡面瞧，耳朵倒是先聽見從裡面傳來的聲音。

「甌恩阿姨。」

一聽見我打招呼的聲音，一位坐在高級真皮沙發上、有些豐腴的婦人就轉過頭來看，隨即整個人彈了起來。

「小基因？」

「阿姨好。」我用拿了一堆袋子的手向她行禮，接著就被她拉過去緊緊抱在懷裡。

「糟糕了，好想你呀！孩子，最近過得怎麼樣，過來讓甌恩阿姨看看。」她舉起手摸摸我的身體、臉、眉眼，我整個人好像都被摸過一遍。阿姨笑得很開懷，看得出來心情非常好，捏了我的臉頰好幾下，然後再次把我拉過去抱在懷裡。

……就連我媽都沒做得這麼誇張。

甌恩阿姨從我小的時候就很喜歡我了，依稀記得我曾經跟甌恩阿姨的小兒子吵過架，那個弟弟因為阿姨看起來好像比較疼愛我而賭氣。見阿姨如此喜歡我，我也忍不住伸出雙臂擁抱她。

「為什麼不常常回家呢？嗯？甌恩阿姨想你。」

我靦腆地笑了笑。「對不起，我忙著工作……」

「喔！小基因在寫小說，是哪一類型的小說呢？驚悚類型是嗎？」

「嗯。」

「孩子你真棒。」

我但笑不語。

完全不是呀……若是我的ＢＬ小說不像是絢麗的煙火一樣火紅，我每個月的平均收入應該只夠生活吃住而已。

「來來來，先過來這邊坐吧，跟阿姨聊一聊，今天晚上一塊在這邊吃飯呀。」

「我剛剛有遇到一哥，哥也這麼說。」

甌恩阿姨拉我過去跟她一起坐，她吩咐一位年輕女傭去準備一些點心還有飲料，然後就和我聊了好多事情，東問西問一大堆，統統只問我的事情。

我和甌恩阿姨談了好一段時間，突然才想起自己過來的目的，連忙伸手去拿東西。

「喔！對了，這個是蛋糕還有甜點。」

「在哪呢？」甌恩阿姨笑得很甜，盯著我的手看，我慢慢從塑膠袋裡面拿出東西放在矮桌上。

「竟然還有覆盆子蛋糕，你也知道阿姨喜歡吃呀？」

一聽到甌恩阿姨這麼說，幫我挑選禮物那個人的臉就飄進我的腦海裡，一想到那個傢伙，我不禁露出微笑。

「有一位和我一起住的弟弟幫忙挑選的，甌恩阿姨也知道我挑禮物的品味很差。」

「其實不管小基因買什麼，阿姨都會很喜歡的。」甌恩阿姨眉開眼笑。「那麼等一下我們移到花園吃東西吧，那個地方的風很舒服。」

我乖巧地點了點頭，甌恩阿姨轉過身去叫剛剛那位女傭，讓她拿一些盤子還有湯匙過來，接著她就說要上樓去拿一下擋風的披肩，讓我先坐著等。

現場一沒有其他人，我就拿出手機來玩，因為只顧著和甌恩阿姨聊天，我才會沒發現有 Line 訊息傳來。

nubsib：醒來了嗎？讀了也不回。

nubsib：我生氣了哦。

這傢伙……

昨天聊成那樣還不夠嗎？真的很寂寞嗎？

我的嘴角又失守了，看著那些訊息，不禁笑得很燦爛，但由於很想要戲弄他，我又再一次地選擇已讀不回，把手機塞回口袋裡。

我從沙發上站起來，在柔軟的動物毛皮地毯上走來走去，伸長脖子，見甌恩阿姨還沒有從樓上下來，索性就在客廳裡面繞繞。

樓梯位在左手邊，電視機附近全部都是展示櫃，我發現一些從國外帶回來的收藏品，這些肯定是甌恩阿姨的先生——也就是瓦特叔叔的。我一直往下看到裝飾壁爐，那上面有幾副精美的相框擺設。

有甌恩阿姨與瓦特叔叔年輕時候的照片，有一哥拿氣球與畢業證書的照片，有甌恩阿姨兩個孩子小時候站在花園裡面的照片，還有一張甌恩阿姨燦笑著站在一個男人旁邊……

給我等一下。

「這……」我立刻拿起那副相框查看。

這不是……納十嗎？

我很訝異地皺起眉頭，把相框拿近再仔細地看過一遍。

沒錯，這個男人肯定是納十。高䠷勻稱的身材、帥氣的臉龐，還有淺淺的笑容這個特徵，跟他住了一個多月了，我絕對不會記錯的。

遠在他方的納十跑到眼前，伸出一隻手臂摟住甌恩阿姨的腰，背景是在這棟屋子後面靠近游泳池的花園……

十八號怎麼會跑到這裡來拍照？是認識的人？還是說甌恩阿姨也是十八號的粉絲？想要認識他，所以邀請他過來這裡？塔納幾派森家族的能力絕對有可能辦得到。

我的眼睛眨也不眨地緊盯著照片，內心有無數個疑惑。

「孩子我來了，阿姨剛好也準備了另外一件披風，小基因也披著吧……咦？」

甌恩阿姨的聲音從左方傳來，嚇了我一跳，一轉過頭就看見她拿了一件披風走過來，望向我手中所拿的照片。要是以前，我早就把它放回原處然後賠不是。

「這張照片是去年年底拍的，站在阿姨旁邊的是小十呀。」甌恩阿姨溫柔地露出笑臉。

「十……？」

「對，小基因還記得這個弟弟嗎？他去年從國外回來了呢。」

「……」

就在那一秒鐘，我整個人都僵化了。

數到十五

我緊緊地握著方向盤，就算手臂肌肉又痛又緊繃，可是我一點也不在乎。

我猛盯著前方道路，交通號誌轉成了紅燈，行車倒數計時顯示器上的數字有三位數。就算它持續地倒數，我也不是很在意，現在腦海裡只有甌恩阿姨先前跟我說過的每一個字，不停地反覆迴響。

「小基因還記得這個弟弟嗎？他去年就從國外回來了。」

「記……記得。」

「十老是問起你的事情，他現在在X大學讀書，從我們家過去有一段距離呀，所以才必須住在公寓裡，不然今天小基因回來就能看到他了。」

以前我和甌恩阿姨的小兒子非常要好，每天一醒來沖過澡後，就會立刻出現在他們房子裡。我不記得我們到底相差了幾歲，不過因為我是家中次子，一看到有人年紀比我小，就把他視為是親弟弟一樣，就連升上國中之後，還常常約他一起打電動。

直到高中搬到宿舍住為止，那陣子我幾乎都跟朋友混在一起，就連爸媽打電話來，也只說了一會兒就掛斷電話。後來記得媽媽說過，那位弟弟跑去國外讀書了，那個時候只是敷衍地聽一下，並沒有太在意。

我幾乎不太回家，基本上都是爸媽來找我。

十年……誰會記得那個弟弟是納十？

我這個人不擅長記住別人的臉，而且這個孩子還長高了，五官明顯改變很多，看起來像是個大人了，這又令我更加認不出來，只有一些當時一起玩耍的零星記憶。

我知道住在隔壁的弟弟叫做十，並不曉得真實姓名，一哥的真名我也不知道，只記得瓦特叔叔的名字時常出現在商業雜誌的封面上。見到現在的納十，我也聯想不起來他們是同一個人，只以為是名字相同罷了。

「我曾經在網路上看過他……」當下我沉默了好長一段時間，然後才找回聲音，我裝著傻想要反問，卻幾乎不知道該怎麼開口比較好。「納十不是演員、模特兒嗎？」

「啊，你也知道呀？年輕人也應該是會認識年輕演員，不像甌恩阿姨。」一說完這個，她又眉開眼笑地繼續說其他事給我聽。「不過瓦特叔叔不太喜歡他上鏡頭做這些事情，但是看他還是有繼續在學習，所以就不去管他，讓他練習自己賺錢也很好。小基因不知道，是因為納十用的是甌恩阿姨的姓氏。」

「那個姓氏是甌恩阿姨的呀？」

「嗯，是我以前的姓氏。」

「喔……」

難怪姓氏不一樣，如果我在遴選演員履歷上看到的姓氏是塔納幾派森，應該會馬上察覺才是。

甌恩阿姨說，瓦特叔叔未來會讓兩個兒子接手公司事業。瓦特叔叔本來就是個很重視形象的人，把事業和娛樂圈劃分得壁壘分明，即使兒子以那個身分變得有名氣，就算不太喜歡，也不會特別去強迫他，只要求他不要把塔納幾派森這個家族姓氏當作藝名使用。

也就是說，納十真的是甌恩阿姨的兒子……

為什麼納十不告訴我？

難道那傢伙也記不起我是他的舊鄰居嗎……不可能，因為我從來不曾隱藏過自己，童年時期的照片也放在客廳裡，若是說沒有看到也不太合理。如果是那樣，就是他撒謊了。

對，絕對是在撒謊。達姆說過納十沒有地方可以住，所以才會過來和我一起住，但塔納幾派森家族在市中心根本就有很多間公寓可以住；納十說他是坐公車去上學，沒有車子可以使用，搭別人的順風車接送，這也是在騙人的……我曾經在公寓樓下看到的那臺昂貴的黑色歐洲跑車，應該就是他家裡的車。

「呵……」

當我知道也猜出很多事情之後，不由得苦澀地乾笑幾聲。

一想到納十欺騙了我，不知道為什麼，感覺竟然這麼糟。

雖然不知道原因，但是除了傷心之外，還非常的憤怒。我一直把納十視為一個好孩子，才會答應讓他住下來，滿一個月之後還是讓他繼續住下去，結果竟然被我發現他騙了我？

納十是把我當成什麼了？笨蛋嗎？一想到對方嘲笑我什麼事情都不知道，整個人就心慌意亂。

叭！

我嚇了一跳，握緊方向盤的手鬆開了些。我走神了好長一段時間，直到後方的車輛按了喇叭，這才發現已經綠燈了。

我重新踩下油門，準備趕回自己公寓，越是接近目的地，內心就越不安寧。

在這之前，我和甌恩阿姨聊起納十的事還聊不到十分鐘，就直接跟她道別，跑回家拿車鑰匙，向媽媽道歉說有急事，即便媽媽察覺到異樣，但是一看到我的神情，就不再多說什麼了。

我拿著感應卡放在感應器上推開屋子大門，裡面烏漆墨黑的，一盞電燈都沒有開，還靜悄悄的，讓我知道沒有人在家，這才稍微鬆了一口氣。我內心深處似乎不想要聽到納十說出原因，深怕他說出他只是覺得好玩或只是在戲弄我而已，就連現在，我也知道我已經比一開始更加在乎那傢伙。

我走回臥室洗把臉，接著找了一堆事情來做，為了不讓自己胡思亂想，可是不一會兒就受不了了，走到客廳，在沙發上靜靜地坐著。

我閉上眼睛，但是並沒有睡著。

不曉得過了多久，直到耳裡聽見解開門鎖的聲音響起，我立刻清醒過來，一轉過頭就看見納十走過來。

當那張帥氣的臉轉過來和我四目交接時，雖然他的眼神透露出訝異，不過嘴巴卻還是露出微笑。

「基因先生。」

「……」

「是誰說要住兩天的？」

我以為看到納十之後會說不出話來，但是我想錯了，當我一見到那熟悉且頗具魅力的笑容，好幾次差點就把卡在內心裡的情緒統統宣洩出來。

我一句話也沒有回覆，直到他走過來站在我面前。

「今天晚上把東西收拾好，然後明天搬出我的房子。」

納十聽到之後愣了一下。

「為什麼啊？基因先生不是說過可以讓我一起住嗎？」

我壓抑著聲音說道：「你家有很多間房子，我沒有必要再讓你一起住了。」

我知道納十是個聰明人，一聽到我這樣子說，就算不用講得很直白，他也能明白所有事情，而且似乎也能感受到我此刻的情緒。我抬頭看他，發現他的表情不像以往表現出的那樣從容。

「你記得我對嗎？」最後我還是鬱悶地問出口。

「……」

「一開始就知道我是誰了？」

「是。」

一聽到那張嘴巴直接做出回應，我就握緊拳頭，但還是繼續說下去：「你知道我記不起來你是誰，你故意不告訴我，我們彼此認識……」

「是的。」

「我操！」這次我從沙發上彈跳起來，衝過去抓住納十的領口。

「但我是有原因的。」

「原因就是這樣耍著我很有趣吧！幹，如果你不是甌恩阿姨的兒子，我早就揍你了！」

「可以。」

「不要挑釁我！」

「我不是在挑釁你。」納十簡短回覆的時候，並沒有因為被我扯著衣服而露出憤怒的表情，他的表情看起來很認真，那雙精明的眼睛也緊盯著我看，不過我已經完全無法再信任對方了。

「這件事情我知道自己錯了，假如基因先生揍我之後能消氣，那我也甘之如飴，但是我想先讓基因先生聽我解釋。」

納十是不知道還是怎樣？越是這麼說我就越生氣。

一副像是在禮讓我的任性……連一個理由都不找，搞得像是我一個人在發瘋，即便這一切都是因為納十的所作所為。

我使勁地咬著下嘴唇，一直盯著我的納十立刻皺起眉頭。

「基因先生，不要那樣。」

他厚實的手伸過來靠近我的臉，被我用力拍掉，我鬆開抓住他衣領的手，把他推開來，手指指向大門。

「你現在給我立刻離開這間房子！」

「基因先生難道不能先聽我說話嗎？」這次對方的聲音充滿著懇求之情。

「我什麼都不想要聽！也不想要看到你的臉，不想要看到你繼續把我當笨蛋耍。」我別過臉去深深地吸了口氣，試圖控制住情緒。

「我從來沒有把你當成是笨蛋。」

一聽到納十的回覆，我就噴了一口氣。「是嗎？怎樣都好，我已經不想去思考你的事情了，離開我的房子，等一下我會讓達姆過來收拾行李。」

「我們還沒有溝通好。」

「……」

「我哪裡也不去。」

「你又要故技重施繼續欺騙我了嗎？」

「我沒有要說謊，我說過了我有我的理由。」

「認真地問你，你真的認為我會相信一個一直以來都在欺騙我的人嗎？」

納十沉默了下來。

就算我沒有轉過去看，但是眼角餘光隱約能看見他的神情。我的話好像刺激到他，他的臉色看起來似乎很糟糕，不過現在不管納十在想些什麼，我也不想知道了。

見對方想要繼續說些什麼，我就先走向自己臥室，在用力地甩上門之前，嚴肅地丟下最後一句話——

「如果你不收拾東西，這次我會請保全上來拉你出去。」

這個晚上反而是我在收拾行李。

就算我撂下了那樣的狠話，但估計納十不可能會輕易答應離開。我不想要看到納十的臉，不想要去思考他住得很近，打開門沒幾步就能碰到對方的距離。

兩個小時之前，我是帶著滿腔憤怒回到房間，所有的一切看起來是那麼不順眼，心情非常的糟糕。

不管看向哪個地方，都會想起納十刻意把我耍得團團轉的事情。最後我從衣櫥上方的小櫃子裡拉出一個小行李箱，一刻也不願意浪費，把衣服塞進行李箱裡面。

將必需品全部整理好之後，我就打開門走到外面。

「基因先生。」

納十依舊待在客廳，高䠷的身軀坐在沙發上。

我沒有刻意去看他，不過沙發就在我房間前面，一開門就馬上撞見了。

納十現在的表情，如果是平常的我，早就開口關心了……

納十起身擋住我的去路，但是我已經下定決心了，側過身後直接往大門走去。

「要去哪裡？」

我還是不理會他，一穿好鞋子就推開大門走出去，不過還沒有關上門之前，納十厚實的手反倒是先伸過來擋著。我頓了一下，不自覺地減輕力道，因為擔心他會被撞到。

他的眼神裡面透露出很多情緒，我知道納十想要把他現在的想法、情緒還有感覺傳遞給我，我沉默半晌，但或許是因為內心的怒氣未消，所以任何事情都阻止不了我，我撥開他的手，然後用力地再從門框上推開他另一隻手。

我快速地走向電梯，下樓後立即開啟車門坐定準備隨時出發，每一件事情都做得又急又快。我在倒車的時候，原本以為會看到納十的身影，但事實上卻不見半個人影。

這樣也好……

假如那麼想要住就自己住吧，我走也可以……

我情緒不太穩定地開著車子，駛離擁擠的市中心之後，通往郊區的道路開始變得寬敞。因為很清楚情緒還不穩定，所以我先放慢車速，主幹道上一盞一盞的路燈不停地被拋在後頭，車窗外的景象從大樓以及混凝土建築物，逐漸變成了鄉下人的小茅屋。

過了十分鐘之後，我把車轉進小巷子的砂石路面上，直到一棟木屋進入眼簾。

當車子停妥在固定的車位之後，我打開車門深深地吸了幾口純淨的空氣，試著讓自己打起精神。我聞到附近種植的黑板樹散發的淡淡氣味，一旦獨處在一個寧靜地方，內心似乎平靜了一些。

我要住在這裡……直到能夠把有關納十的一切事情從腦海裡清空為止。

一大早，我一臉陰沉地從床上爬起來。十一月的天氣陰涼，我拉開了一整晚晾在冷空氣中的被子，覺得很寒冷，腳一踏上木頭地板，稍微打了個哆嗦。整個人覺得無精打采的，低下頭就感到暈眩，最後必須得站著先休息一下……睡眠不足的症狀正困擾著我。

我很清楚知道是什麼原因造成我睡眠不足，但是也只能輕輕嘆息，緩緩地踱步到廚房裡面。我等了一會兒，煮水壺鳴笛的聲音終於響起，希望溫熱的水能夠讓我好受一些。

幾分鐘之後，我走到陽臺上坐著喝咖啡，剛好是面向東方，剛剛升起的太陽使得氣溫也跟著改變，不會太熱，溫暖得恰到好處。

這麼好的天氣，如此的安靜……如果是平常的我，肯定早就趕出好幾頁初稿了，但是現在完全不是這麼回事，我完全沒有心情去做任何事情。

第一天晚上抵達這裡之後，腦中一想到納十那個傢伙，我就無法讓自己平靜下來入睡，張著大大的眼睛盯著天花板，又看了看檯燈以及薄薄的床幔，忍不住又繼續想著納十的事情。

就算告訴自己不要再想了，也無法停下來。

第一個晚上我憤怒極了，第二個晚上即便不生氣了，卻開始覺得難過。

雖然已經冷靜下來，但我就像是把自己困在洞穴裡面，一直關著可以聯繫外界的工具，不太想要碰它，只用了筆記型電腦連線區域網路收發郵件以及聯絡編輯，沒有心情跟任何人說話。

我打了通電話回老家通知媽媽，說我要在爺爺的小木屋住一陣子，媽媽並沒有察覺到異狀，可能以為我像往常一樣只是想換個環境寫小說罷了。

喝完一杯咖啡之後就不想再吃任何東西了，我選擇穿著拖鞋到外頭走走，決定讓自己不要多想，在附近散散步發洩一下。

我走到黑板樹附近停下來，這裡的味道雖然變得相當濃烈，但還是滿清爽的。看到黑板樹就想起杰普哥，冬季的時候他來過這裡，一聞到味道就不停地打噴嚏，抱怨很臭，最後是逃回家去了。

我一個人輕輕地笑著。

……感覺好多了。

汪！

我稍微嚇了一跳。

「嚇！」

一轉過去就發現有一隻混種的咖啡色短毛狗，牠正站在不遠處對著我叫。

牠一衝過來，我就立刻蹲下去撿起石頭。「不可以喔，會不會咬我啊？到底是誰的狗？」

見我拿起石頭準備要丟，牠就不敢再靠近了。當然嘍，現在我也不敢轉身逃跑。

我和小狗對峙一段時間，最後發現牠的尾巴使勁地搖來搖去，我這才慢慢地把手放下來。小狗緩緩靠近，興致高昂地聞了聞我的腳還有褲子，我冒著風險伸手去摸牠的頭，然後牠就收起耳朵很高興的樣子。

我蹲著跟不曉得是誰家的狗狗玩了將近二十分鐘，直到牠厭倦了我這個陌生人，消失在道路的另外一頭，我這才轉身走回家。

還有大概五步的距離就能抵達大門階梯，我發現某個高䠷的人就站在那兒，我隨即停下腳步，對方帥氣的臉剛好也轉向了這邊。

「……」

「基因先生。」

我的臉色瞬間大變，好不容易才消失的感覺，一下子全部湧上來了。「你怎麼會來……」

啪！

我話都還沒有說完，身體就被一雙強健的手臂拉了過去，環抱在懷裡。

我睜大雙眼，還沒從驚嚇當中回過神來，納十就把臉緊貼在我的耳鬢以及頭髮上。皮膚感受到溫熱，我們好像回到了發生問題之前。

「我想你。」

輕柔低沉的嗓音在我耳邊呢喃，刺激著我的聽覺神經，我全身僵硬，魂不守舍地站在原地。面前這個人稍微向後退了開來，但是當他再度要靠過來之時，我雙眉緊蹙。

我看見納十的眼裡赤裸裸地透露出許多情緒，有悲傷、愧疚、傷心，以及他所說的深深思念，對方溫熱的嘴唇輕輕地啄了一下我的嘴。

我趕緊伸出手阻擋他的臉，用僅剩下一點點的力氣把對方推開來。

「你這是在發什麼瘋？」

納十稍微頓了一下，似乎是想起我正在生氣，他舉起手抓了一下今天雜亂無章的頭髮，接著發出微弱的聲音說道：「對不起，我太過想念基因先生了。」

這傢伙是瘋掉了嗎……

我又再次感到困惑與慌亂，被對方欺騙後，這兩天的委屈一下子全湧了上來，轉變成憤怒。雖然不像是第一天那麼強烈，但仍舊知道自己還沒有消氣。

「你怎麼會知道這個地方的？」我的聲音不帶感情。

「嵐姨告訴我的。」

操蛋！我怎麼會忘了，我媽媽和甌恩阿姨互相認識，甌恩阿姨把我當她的孩子一樣疼愛，媽肯定對納十也有同樣的感受。

這傢伙是怎麼問到的？媽不會是知道我們之前住在一起吧？該死，我深深地吸了一口氣。

「還在生氣嗎？」

「……」

「基因先生……」

「我不想要跟你說話。」

「不能先聽我解釋嗎？」

「我沒有心情跟你說話，想要自己獨處，ＯＫ嗎？」

「我喜歡基因先生。」

「……!?」

我的聲音立刻吞了回去，作勢經過對方要走回家裡的腳步也跟著停下來。我的身體自動地轉過去，面對他那張帥氣的臉，接著就發現他精明的眼眸也正凝視著我。我像這樣子直勾勾地盯著納十的臉，才發現他看起來很疲倦的樣子。

……跟我一樣睡眠不足。

思緒差點就飄遠了，接著我就假笑地嘲弄對方：「哈哈，你的哏很好笑，滿意了嗎？滿意了就可以回去了。」

「我喜歡基因先生。」

「我說了……」

「從以前開始就喜歡你了。」

「你是存心……」

「不只是一般的喜歡，我想要讓基因先生變成我的。」

「……」

「只屬於我一個人的，只有我一個人可以抱，只會想念我，只愛我一個。」

都說到這個分上了，我一時間沒回過神來，納十就先緩緩地走到我面前，我睜大了雙眼望著他，原本欲推開的手，被他厚實的手掌抓得牢牢的。

他以指尖輕柔地撫過我的皮膚，接著才拉過來貼在嘴脣上面。我的手顫抖了好幾次，雙眼發黑，像是被籠罩在風暴圈裡，被觸碰到的肌膚滾燙得不行。

就像是深陷在納十的漩渦裡，使得我異常地心慌意亂。

「你……」

「相信我說的話嗎？」

我凝視著那雙眼睛，沉默了好一陣子。「你說你喜歡我。」

「嗯。」

「從以前就喜歡了……」我輕聲地重複剛剛聽到的話，不一會兒，眉頭又糾結在一起。「你還想要騙我是嗎？以前你也只是個小孩子而已，那樣的孩子怎麼可能會去喜歡別人呢？」

「我的喜歡就是喜歡。」納十再次握緊我的手。「那個時候我也不懂，但是現在我很確定。」

「……」

「在這之前我不是已經告訴過你了嗎？說我喜歡你。」

我輕輕地抿著嘴。「誰會知道你說的喜歡是哪種喜歡？你是男人，我也是男人……」

對，誰會想到他說的喜歡以及表現出來的態度，會是那種喜歡啦？

「你……真的喜歡我嗎？」

「對，喜歡。」

「喜歡。」我對著自己輕聲咕噥，陷入沉思。

「如果基因先生還是不相信，我還有很多方法可以讓你知道。」

「不……不需要。」見到納十說那句話的神情，我就趕緊拒絕。對方的雙眸仍然緊盯著我的臉，我覺得有些暈眩與尷尬，轉而看向其他地方。

「那你騙我說沒有地方住、沒有車子的理由是什麼……」

「我想要跟基因先生在一起。」

「……」

納十騙我是因為喜歡我？想要跟我在一起？

「假如我不這麼做，我還能夠跟基因先生住在一起嗎？」

「假如你一開始就告訴我，說你是甌恩阿姨的兒子，我甚至會讓你住一整年！」

「如果我那樣子說，基因先生會怎麼看待我？」

「……」

「弟弟？」

「……」

「基因先生也知道的，我不想要基因先生當我的哥哥。」

「……」

我啞口無言。我很清楚納十所說的每一件事都是事實，因為我把童年時期跟自己一起玩耍的那個小男孩當作是親弟弟一樣，如果再次重逢，他依舊會是我以前的那個弟弟。

但現在，即便我終於知道納十就是以前的小十弟弟，看納十的眼光有些不一樣，但是一起住了一個多月之後，我再也無法把他看成是以前的那個弟弟了。

「我不想強迫基因先生相信我。」納十又繼續說道，或許是見我沉默許久，可能以為我不相信他；又或者是因為之前他欺騙了我，這件事情就一直卡在心裡。「等到基因先生相信我的那個時候，再說喜歡我也可以。」

「……」

「好嗎？」他的嘴角露出淺淺的微笑，傳遞過來的眼神溫和地懇求著，讓我感受到某種溫暖在身體周遭蔓延開來。

這小子……說得好像很肯定我喜歡他一樣。

就在這一瞬間，雖然我告訴自己要先觀察納十，確定對方不是在說謊，內心卻充滿著喜悅。因為我知道面前這個人欺騙我的理由不是因為耍著我玩很有趣，沒有把我當成笨蛋，他這麼做的原因全是因為喜歡我……

「ＯＫ，也可以。」

納十仍舊抓著我的手，眼睛眨也不眨地盯著我。「也可以什麼呢？」

「就你剛剛說的一切呀，我會給你機會證明。」一說到這裡，我就輕輕地抿著嘴，臉有點躁熱起來，感覺既害羞又奇怪，因為這句話聽起來非常的戲劇化。「但如果你這次又是在騙著我玩，我會把你揍到腸子破裂。」

聽到我這麼說，納十又再次笑了出來，握住我的手，把指尖滑入指縫，與我十指相扣。我瞥了一會兒，卻選擇讓他一直抓著我不放。

「然後……」

「嗯？」

「我剛剛說的事情，也包含你的個性，以後不用再對我表現出好孩子的模樣了，你在想什麼就直接說出來。」

一說到這裡……

這兩天我一個人靜靜地只想著納十的事情，想了很多，甚至考慮過許多事情。達姆說過納十是一個個性很糟糕的臭小鬼，但就我所看到的，覺得他頂多只是任性；不過當我得知納十說沒有房子、沒有車、沒有錢，全都是在欺騙我的，我就罵了自己好幾百萬次，納十太過狡猾了，還是說其實是我不夠聰明？

我覺得臉丟光了，因此又懊惱了起來。

「說出來，你現在正在想什麼？」

「嗯……」

「那種表情是什麼意思？」我知道自己有點強人所難，不過見納十一副裝模作樣的神情，我就瞇起雙眼，忍不住想強迫他。

雖然我已經不生氣了，但是心裡的惱怒不是那麼輕易就能消失的。

「如果連這樣你都說不出口了，那要我怎麼相信你？」

「OK，我想要親基因先生。」

「……!?」

我趕緊抿嘴。

「我想要基因先生。」

「幹！你是在找我碴嗎？」

那天我喝醉時所說的話，又再次繞了回來，我好像聽見自己的臉爆炸的聲音。

「不是基因先生讓我說出來的嗎？」

「就……不需要全部都說出來也可以吧？」

這傢伙，我曾經把他視作王子，如今他形象全毀於一旦！當我表現出無奈的表情，納十卻輕輕地笑出聲來。即便這個人如今沒有再對我假裝是一個好孩子了，但是他的魅力依舊不減，就算嘴角只有淺淺的笑意，但是他的眼神裡面藏著令人感到危險的戲謔，看起來比原本更加有魅力。

我咧嘴嘲諷地笑了一下。「我有一件事要告訴你。」

「……」

「我這隻右手剛剛才摸過小狗。」

「……」

「你和小狗親……唔！」

我的嘴立刻被封住。

納十趁我還沒來得及準備的情況下，立刻低下身來把他的嘴唇貼在我的嘴上，他用牙齒不輕不重地啃咬著我的下嘴唇，像是在懲罰我一樣，又是碾壓又是吸吮的，耳朵都能聽見清晰的接吻聲。

這個人把滾燙的舌頭滑進我的口腔裡面探索著，調整了接吻的角度，親了好長一段時間，直到我全身的血液都沖到發燙的臉上，直他終於願意退開來，我這才貪婪地把空氣吸到肺裡面，理智與力氣是一點也不剩了。

這一次，納十嘴角上揚，毫不掩飾地露出奸詐的笑容。當我們的鼻頭還靠在一起的時候，他輕輕地呢喃著：

「那就一起親小狗吧。」

這個臭小子！我才剛氣消而已耶！

……真是太好了，我抓小狗的手其實是左手啊。

不用猜也知道，就算我讓納十回去他肯定不會答應，所以我就帶著他走進屋子裡面。太陽升得高高的，清晨的寒意也全部消失了，我們竟然站在屋子前聊了這麼久，不僅僅只有擁抱，甚至還發展到接吻的地步了……所幸，這裡除了這一棟木屋以外，附近沒有其他鄰居；再過去一大段距離是橙子果園，果農如果沒有特意拿著望遠鏡看過來，是不可能會看到的。

不過在外面做這些事情，還是讓我覺得很羞恥。

我沒有開口說半句話。當然啦，我原本還在憤怒不滿的狀態之下，但突然間納十告白說喜歡我，整個氣氛自然會變得很奇怪，不是因為厭惡，而是尷尬得不知道該如何是好。

我隱隱向後瞥視，發現從後方跟上來的納十正緩緩地環顧房子四周。

「你……吃過飯了嗎？」

「還沒。」

「那就一起吃吧，這附近有一間快炒店，我有電話號碼。」

見他點了點頭，確認好想要吃的菜色之後，我就拿起家用電話打過去點餐。平常來這裡過夜的時候，假如沒有儲備任何冷凍食品或是泡麵，我就會打電話跟這家餐廳點餐。

這間搭著棚子的小餐廳老闆是一位阿姨，客群主要是在橙子果園做事的農民，假如打電話訂購，阿姨就會讓她兒子騎著腳踏車出來外送。

「基因先生，我可以跟你借一下浴室洗個澡嗎？」

我豎起眉毛。「沒有洗過澡就過來了是嗎？」

「今天還沒有洗過澡，我趕著過來找基因先生。」

我假裝沒有聽見他那可憐兮兮需要人家安慰的語氣，打開臥室房門，將他帶到浴室前。「你有帶衣服過來嗎？」

「車子裡面有，不過沒有浴巾。」

「啊！我可沒有喔，所有東西都是我自己帶過來的，這裡完全沒有備品。」

「可以用這一條浴巾嗎？」

我順著聲音轉頭看過去，發現他手上拿了一條奶油色且布料柔軟的浴巾。

我睜大雙眼，趕緊走過去搶了回來。「是瘋了嗎？這條是我的。」

「又不會怎麼樣。」

「怎麼不會怎麼樣？這種東西怎麼能一起使用？」

「我不會介意的。」

「但是我介意！」

「唔……」納十從喉嚨裡輕輕地發出聲音，他沉默地盯著那條浴巾，使得我不得不把它藏在身後。

一會兒後，他嘴上堆起笑容。「那我改天再拿好了。」

「……」

改天你個大頭啦！

變態，就連夫妻也不會使用同一條浴巾的好嗎？

誰要跟你一起使用啊？真令人發毛。

我腦中想的話還來不及說出來，納十就說要先去車上拿替換的衣服，說完就轉身離去。我盯著他的背影一會兒，接著才打開一旁的衣櫃，把浴巾塞到最裡面。

納十在洗澡的時候，便當也剛好送到家門前，我準備了湯匙、杯子，還有冷飲，一屁股坐在一張小型的雙人木桌前。

當納十穿了一套乾淨的衣服從臥室裡走出來，我順勢看過去，他烏黑柔軟的頭髮看起來還很潮溼，可能是因為沒有毛巾。他發現我在看，就堆起了笑臉。

「好像女朋友在等我吃飯一樣。」

「可以閉嘴了，吃。」

見那張帥臉依舊笑得開懷，我就有點不悅，但除了把飯塞進嘴裡之外，我沒有再多說一句話，原本不想吃任何東西的症狀消失得無影無蹤。

我這才意識到，自己的肚子有多麼渴望著溫熱的食物，不到十分鐘，整個便當就被我吃得乾乾淨淨的。

這次完全不需要再問自己任何問題了，我知道內心已經平靜許多，此刻也感受到了祥和。因為納十就在這裡，而且我們之間也沒有任何問題。

就好像……現在就能夠開始寫初稿了。

一想到這裡，我立刻從椅子上站起來，納十為此訝異地盯著我看。

「基因先生？」

「我要去寫一下小說，你自便。」

我沒有去理會他的反應，直接走到靠窗的高腳圓桌旁——我通常會在這個位置創作小說——按下筆記型電腦的開機鍵。

在那之後，我的意識以及專注力全部都掉進了小說世界裡面，不去在意究竟經過了幾個鐘頭。

「基因先生。」

「……嗯？」

「我可以借用一下你的臥室嗎？」

「嗯。」

我感覺到溫熱柔軟的嘴唇在我臉頰落下一吻。

「記得休息一下喔，眼睛很累了。」

「嗯。」

不曉得又過了幾個鐘頭，睡意襲來，我也控制不住專注力了，雖然我還有心力可以寫，不過在這之前沒什麼睡覺，持續累積下來，身體也受不了了。

關機之後，我合上了筆電的螢幕，環顧一下四周，發現客廳裡沒有半個人影。依稀記得在寫小說的時候，納十有說要借用臥室，但是當我進入忙碌狀態的時候，不太會去專注聆聽或是注意到周遭。

我躡手躡腳地走到臥室門口，房門是完全開啟的，我伸長脖子往裡面看，就發現納十在睡覺。

……這小子還真的睡著了，現在可好了，那我要去哪裡睡？

「十。」我走到他旁邊，試著輕聲地叫喚。

對方依然沒有醒來。不過我也不怎麼意外就是了，因為一開始在屋外看到納十，他看起來也像是沒有睡覺的樣子。

我靜默地凝視枕頭上的帥氣側臉好一陣子，接著看向這個高個子旁邊的空位，最後輕輕地嘆了一口氣，走回外面，然後靜靜地把房門帶上。

把床讓出來也是可以。

我打開窗戶，然後在沙發上倒了下來，它也是木頭製的，幸好坐墊夠厚實也夠柔軟。我拿起一顆抱枕揣在懷裡，這一次用不了多久時間，一閉上眼睛，立刻就進入夢鄉……

數到十六

「基因哥很快就會回來的，別愁眉苦臉的嘛。」

「今天晚上睡在十的房間也可以。」

「那麼來親一下臉臉。」

我面前站著一個身材嬌小的小男孩，他穿著一件牛仔吊帶褲，可愛到差點令我忘記呼吸。對方正語氣溫和地試圖安撫我，一雙又大又圓的眼睛望向這一邊。就在那一秒鐘，我把手伸向前方，想要把那副小小身軀緊緊地攬在懷裡，不過卻做不到。

我心裡很清楚，那個人面帶微笑地把臉遞給對方親吻的對象，不是現在的我，而是十四年前的我。

我一睜開雙眼所看到的景象，已經不再是記憶裡面那個人的可愛臉蛋了，而是木頭天花板以及被勾在掛環上面的薄薄床幔。不用浪費時間回想，我就能清楚地記起來，此刻我住在基因位在郊區的房子裡。我眉毛微微地皺了起來，扭頭過去看了一下旁邊，卻沒有看到半個人影。

枕頭以及床單看起來沒有被使用過……基因？

我立刻從床上坐起來，覺得頭有一點點暈眩，本來想要閉上眼再繼續睡一下，但是透過臥室窗戶向外看，發現太陽已經下山了。

我輕聲推開房門，就如我想的一樣，我看見基因蜷起身體睡在小小的沙發上，虧我還特地留了旁邊的位置給他。看他這麼的任性，我忍不住嘆了一口氣，過去把他抱起來走向臥室。

「唔……」

我鑽進被子裡面，一碰到床，我就立刻將臥室主人掛在我脖子上的手拉起來，然後讓那隻白皙的手臂抱住我的腰。

一見到對方疲倦的面容以及有些發黑的眼圈，我無法抑制地難受。不過他臉上掛著淺淺的笑容，而且似乎是睡得很舒適，我把他柔軟的側臉貼在自己胸口上，嘴巴也跟著泛起笑意。

我依戀地望著面前的人。

第一次能像這樣，在睡覺的時候緊緊地抱著對方，因此更能感受到愛意，連內心都悸動不已。我還想要再抱得更緊一些，緊到讓他陷進我的胸口裡，補足我這幾年來只能在不同的世界看著他；但是內心的另一個部分，又想要珍惜對方，不想讓他生氣或者是不開心。最後我克制住想要狠狠親吻那張可愛的嘴的衝動，成功地只在他臉頰落下輕柔的吻。

我的嘴唇沿著他的太陽穴往下，滑到了下頜，把臉埋在他的脖子上，聞到還殘留在他皮膚上的肥皂清爽香氣。一想到他就在這裡，我輕輕地吁了一口氣。

基因因為之前的事情而發脾氣的模樣，在腦海裡又浮現了一次，他傷心難過的表情就好像是被什麼壓迫著。即便在這之前，我已經考慮過很多種情況，但是有一瞬間在心想這麼想：假如基因無法理解，並堅持不想再看見我的臉了，那該怎麼辦？

光是那樣想，我的手就僵硬了起來。

我的手臂被他枕著睡，我溫柔地撫摸他的後腦杓，手指穿進柔軟的頭髮裡面。當我用手緩緩地順著髮絲，他或許是覺得很舒服，含糊地發出了細微的呻吟聲。

我躺在一旁，凝視著這張小臉好一陣子，或許是因為能夠真實地觸碰到他而感受到舒坦。對方的身形比較嬌小，我鼻尖抵著他的太陽穴，找到一個比較適合自己的睡姿之後，這才緩緩地闔上眼皮。

第一次見到基因，那個時候我才五、六歲……

如果是重要的事情，沒有一個孩子會忘記。

那天的天氣相當炎熱，我躲開鋼琴老師跑到外頭來，抄捷徑穿越一片大果園，然後倚靠著一排非常高聳的白色圍籬坐下，決定要在這邊小睡一下，直到上課時間結束為止。因為知道肯定會被媽媽凶一頓，我就只是面無表情地坐著，一動也不動。

直到……見到了某個人，對面的牆壁上方探出一顆頭來。

對方的臉很可愛，臉頰還有眼睛都圓滾滾的，當他與坐在下方的我四目相交，眼睛睜得大大的，看起來又更圓了一些。

「杰普哥，這裡有一個小孩子。」

「基因，下來！怎麼可以去爬鄰居的牆壁呢？」

「弟弟、弟弟，要一起玩嗎？你會踢球嗎？」

「基因！再不下來的話，哥就要去跟媽媽告狀了。」

那個時候我是怎麼回應的……如果沒有記錯的話，應該是一語不發。當我從驚嚇中回過神後，拔腿就跑，因為記得媽媽所說的話，不可以跟陌生人交談。

但後來我又受到了更大的驚嚇，因為對方突然跳下來擋住我的去路。他從高聳的圍籬上移動到附近的樹枝上，接著快速靈活地從上面攀爬下來，安全地站在我家這邊的地盤上。

雖然對方長得比我還要高，但是樣子頑皮活潑，看起來就像是一隻小倉鼠。

爸爸、媽媽不曾讓我爬樹，親眼見識到的時候我瞠目結舌。對方拉著我的手走向圍籬大門，然後我們一起偷偷地跑到外面。我們的社區有一座大型公園，我們就這樣玩了好幾個鐘頭。

那天晚上被媽媽發現之後，我被狠狠地教訓一頓。我還記得基因跑過來抱緊我的畫面，他對著媽媽說是他想要跟我玩，露出燦爛的笑臉向我媽撒嬌了一番，就好像知道一旦這麼做，大人們就會情不自禁地愛上他。

如果有機會，像那樣子跟我撒嬌一下好像也不錯……

一想到這裡，我伸出手去捏了捏他又圓又軟的腮幫子，熟睡中的他囈語了一會兒，然後稍微掙扎一下。

我跟著懷裡的人兒又睡了一輪之後，再次醒過來的時候已經是晚上六點了。

「基因。」

「嗯……」

「可以醒來了，不然晚上又睡不著了。」

對方還是沒有動靜，應該是累壞了，最後我違背自己的意志不去叫醒他。我從那份溫暖中向後退開來，覺得有一些惋惜，但也只能拉起被子仔細地蓋在基因身上，因為天氣有點涼意。

打開房門走到外面，反而覺得比房裡還要冷。窗戶被打開了，我皺了一下臉，因為聞到了隨著風飄進來的黑板樹臭味。我把玻璃窗關好之後，就拿起車鑰匙走到屋外。除了木屋附近的一盞小燈之外，過了好長一段距離才看得到另外一盞燈，有些地方相當暗。

我的車子停在另一邊的一棵大樹後面……兩天前就停在這裡了。

自從基因從公寓開車離開之後，我除了愧疚之外，還覺得很擔心。就算他要去的地方再怎麼安全，只要沒有在我的視線範圍內，我就無法放心。我大概猜得出來，如果他沒有回老家，應該就是來這裡。

我知道基因喜歡一個人跑到郊區的房子裡面工作，但是我不大確定地點在哪，打電話問了嵐姨之後，又打了一通電話請人把我的車子開過來，然後就跟過來了。

打從第一天透過車窗看到熟悉的身影，我就想要上前去緊緊地擁抱住他，想要道歉，想要讓他消氣，想要讓他對著我露出可愛的微笑。但我很清楚基因的個性，假如不想要讓事情惡化，那就得等到對方先冷靜下來。

我一直看著他，但是不能上前談話，比起見不到他還要讓我更加的思念。

我打開手機的手電筒，解開車鎖，打開後車箱把備用衣物拿出來。幸好多預備了兩、三件衣服，就算基因想要在這邊多住幾晚也沒有問題。

就在我關上後車箱的一瞬間，拿在手中的手機震動了起來。

「哈嘍，納十？怎麼樣了？已經談妥了嗎？」

「嗯。」

「基因已經不生氣了是嗎？」達姆哥的聲音聽起來挺開心的，舒坦地吁了一口氣。「那你就叫那傢伙開機跟我聊一下，還是說他還在生我的氣？」

「基因他沒有生哥的氣，不用擔心。」

「怎麼會不生我的氣？我可是那個把你帶去他家住的人啊！」電話另一頭大聲嚷嚷。

我稍微嘆了一口氣。基因從公寓開車出去的那天，即便沒有什麼心情工作，但隔天我還是有戲得拍，有必要和達姆哥聯繫。當他得知基因跟我都不在公寓，基因生我氣的這件事情自然也被他知道了。達姆哥雖然看起來有點怕我，但有的時候卻不怎麼怕我。

被對方叫囂一頓，雖然聽起來有些刺耳，不過從不同的角度來看，基因有一個這麼擔心他的朋友也好……

「我認真地問你，基因那天請你幫忙挑禮物的時候，你應該知道他會回家不是嗎？為什麼不找個藉口阻止他回家呢？還是說你……」

「……」

「你是故意放基因回家的？」

我什麼話也沒有回。

「到底是不是？認識你一年了，我還是完全不瞭解你腦袋的系統。」

「我不覺得有必要解釋給哥聽，只要知道我愛基因這樣就夠了。」

「唔，懂不懂害臊啊？你真他媽的……」

「……」

「等著瞧吧，我會跟基因說，我也被你耍了，我早就在懷疑了。平常你也不太回公司大樓住，大姊一說要用你的房間，你突然又說要使用房間了。還有遴選這件事情也是，之前已經說好了只會接你喜歡的雜誌平面拍攝工作，你會答應去遴選，因為知道這份工作是基因的吧。」

我走過去打開車門，彎下身拿出置物櫃裡的私人物品。

「你有沒有在聽我說話啊？哈？沒有在聽是吧……這個臭小子！祝你得不到基因的愛。」

「哼？」

「沒有！什麼事都沒有！」

「……」

「雖然幾天前才知道你喜歡基因，但沒想到原來你喜歡那傢伙喜歡了這麼久，心理變態。」

我的手停下動作。

心理變態……一聽到經紀人所說的話，我只是淺笑不語。

除了基因之外，我從來不曾對別人產生過這樣的感覺。這種感覺從年幼時期就不斷地累積，我所做的一切都只圍繞著這個人，長大之後更確定這就是愛，甚至已經無法放手了，所以才會試著盡一切的努力，只為了能夠接近對方。過去好幾年，我只能透過照片看到他，只能從別人的口中聽到他的事情，已經夠久了。

我知道基因的一切，但是基因是那種活在當下的人，不記得我也並非什麼奇怪的事情……

「吼！為什麼不說話？生氣了嗎？我開玩笑的，開玩笑、開玩笑。」

我豎起眉毛。「不是，剛好在想一些事情。」

「畜生……這樣吧，明天沒有拍攝工作，你不用跑來跑去的。」

「ＯＫ。」

「那你有稍微睡一下了嗎？再這麼邋遢下去，化妝師會敲我的頭，會怪我沒有把你照顧好。」

「哥不用擔心，已經沒有什麼問題了。」

「嗯，那樣就好，好好地照顧我朋友，我先去吃飯了。」

掛上電話之後，我就一手拿著衣物，另一隻手拿著手機照著雜草叢生的地面，回到了那棟木造的小屋。當我準備走上階梯的時候，一抬起頭就看到熟悉的身影穿著一件牛仔外套，一臉不悅地站在門前。

可愛……

我露出微笑。「醒過來了嗎？」

「你去哪裡了？」

我把手上的衣服遞給他看。「去拿衣服。」

那張小小的臉蛋還是擺著臭臉，眉頭都皺在一起了。

「外面暗得要死，要去哪裡就先講一下，附近雖然沒有其他人，但是過去那邊是一片果園，還是有很多人在裡面工作，危險。」

「擔心我嗎？」

當我這麼問，那人愣了一下，一雙圓滾滾的眼睛原本盯著我，後來就不停地向兩旁飄移，最後轉身逃進屋子裡，我只來得及瞥見他的臉頰紅通通的。

我還想要再捉弄他一下，當我正在思考怎麼做才能夠清楚看見那樣的神情，一顆頭又再次從門內探出來。

「站在那邊做什麼？趕快進來。」

除了跟著他走進屋子裡面，我沒有多說一句話。

光是知道對方在擔心我，內心就被一陣溫暖淹沒了。

「基因先生什麼時候醒過來的？」

「我隱約有聽見開門的聲音，一走出來看就發現你不見了，是你把我帶到房間睡的對嗎？」

我把拿過來的衣物堆疊在沙發上面，語氣平穩地回覆對方的問題：「嗯，我抱過去的，這邊氣候比較寒冷，抱在一起睡比較溫暖。」

基因的嘴巴微張，一副欲言又止的模樣，似乎是意識到如果回嘴了會讓他更加的羞恥，所以自顧自地鼓著腮幫子咕咕噥噥。

「那現在肚子餓了嗎？」

「就嗯……你呢？」

「如果基因先生餓了，就去吃飯吧，要吃什麼都可以。」

「之前那家餐廳現在已經休息了，如果要買東西吃，就只能開車出去了。」一說完，他那雙深黑色的眼眸又看了回來，像是在想事情。「出去也可以，是有一個小小的市場，不過有一點遠，你也可以順道買一條毛巾。」

「基因先生願意讓我繼續住？」

「就……你都已經把衣服拿過來了，我讓你回去你會回去嗎？」

我揚起嘴角，憐愛地望著對方。當我一開口直接誇他可愛，他就立刻轉移話題說要去洗個臉，接著就跑到臥室裡。

我站在原地等了一會兒，對方又再次走出來，小小的臉上依舊戴著一副黑框眼鏡，或許是認為不會出去太久，所以才沒有太過裝扮。

他深黑色的眼珠子瞥了過來，從走出房間到鎖上大門，沒有開口說半句話，但我明白基因是想要我當司機。

我停放車子的地點相當暗，走下最後一個階梯之後，我就伸出手去牽住他的手，我能感受到對方一瞬間驚訝的反應，接著又放鬆下來。

見基因沒有反抗地把手抽回去，我臉上的笑意又更深了。

「這臺是你的車嗎？」

「是。」

一聽到我的回覆，他就稍微不悅了起來，輕聲地嘟噥：「我就說，去飯店接我的那一天，你果然是開自己的車過來。」

我沒有多做回應，輕輕地牽著他的手，把他帶到副駕駛座上，關好門後，我也跟著上車。

「幫我指路一下。」

「嗯，一直往前開就好，接著會看到飯店還有社區……等一下再說一次好了。」

我點點頭。

道路相當寬敞，這條路線通常是用來接到外府的道路。道路兩旁是茂密的草叢，有些路段可以看見掛著橘色小燈的攤販，以及用來招攬客戶的手寫大型看板。繼續往前開了好一大段路程之後，基因這才伸出手指，讓我轉進左手邊的巷子裡。

這是一個小型的黃昏市場，許多攤商都聚集在一塊，對面是一所中學，再過去一些是餐廳以及7－11，來來去去的人潮相當多。

「New Aston Martin Vantage與鄉下地方的市場……把車鎖好啊。」

對於我的車子這件事情，看來是不會輕易地消氣了。

「如果車子不見了，我會負責抱你回去的。」

「我有長腳。」對方撇嘴。「那你可以坐在這邊吃飯嗎？還是想要外帶？」

「在這邊吃也可以。」

「想要吃什麼？要吃叉燒雞蛋麵嗎？」

我輕輕地笑出聲來。基因果然是我一直以來都覺得很可愛的基因，要多任性都可以，那樣做越能讓我感受到他的依賴，還有需要我順著他的心意，無論他自己有沒有發現都好。

「你要點什麼呢？」

我們在鋪著可口可樂廣告塑膠布的紅色折疊桌旁坐下來之後，基因就開口問道，樣子像是照顧我的那一方，令我不由得又更想要吃掉他了。即便如此，我還是開口讓對方繼續照顧下去。「你幫我點好了。」

「嗯，阿姨，我要普通的叉燒雞蛋麵加餃子，然後……幫我還有我弟弟加麵。」他掃視了一下攤車下方標示的菜單，舉起手朝著站在瓦斯爐前面煮麵的老闆叫喊。

聞言，我的眉毛皺了起來。

「用這個表情看我是什麼意思？不喜歡吃雞蛋麵嗎？」

「我弟弟？」

面前的這個人眨了眨眼睛。「唔，怎樣？你就是弟弟啊。」

我稍微瞇起眼睛，但是嘴巴還是帶著笑意。「我已經跟你說過了，不想要當你的弟弟。」

「啊，不當弟弟是要怎麼稱呼你？」

「根本沒有必要問……」

「……」

「老公啊。」

「去你的！」

我又被他說的話逗得笑出來，見他左右張望，似乎是在擔心會被別人聽見。

「你和我相差五歲，我叫你一聲弟弟很正確啊。」

我盯著對方舉起手指比出五的可愛模樣，看了就很想要把他的手拉過來啃著玩。

「正不正確我是不曉得，但如果你再這麼叫我，我就會懲罰你。」

「懲罰？」

「親。」

我一這樣子說，基因那雙圓圓的眼睛又睜得更大了。「你不敢的。」

「那你就叫看看啊。」

「小十弟弟。」

我隨即抬起手，為了把對方拉過來，用自己的嘴巴狠狠地封住那張刁蠻的嘴。

可惜還來不及抓住對面這個人白皙的手，兩碗熱騰騰的麵倒是先被端到桌上。身材豐腴的老闆把麵放下後，一看見我們兩個人就饒有興致地大聲嚷嚷——

「你們兩個是在吵什麼呢？世界上最好吃的麵來了。」

我愣了一下，至於睜著大眼盯著我一舉一動的基因也鬆了一口氣，似乎是想要報復一樣，那張柔軟的嘴脣咧出一笑。

「阿姨，我弟弟很任性，就只知道頂嘴。」

「……」

「兄弟之間就是這樣子啊，不過既然我們是哥哥，就應該要禮讓一下弟弟，哥哥要懂得犧牲，知道嗎？」

當我看到基因原本占上風的美味表情變成了呆滯，這次換成我揚起嘴角。

「但有的時候當孩子在任性的當下，我們就要罵他。」

「可以凶也可以罵，但要適可而止。他是我們的弟弟，不能做得太過分，若是哪天他討厭我們了，不想跟我們說話了，那才是最大的問題。」

「阿姨，我弟弟個性不好……」

「就算好還是不好，我們也要用正確的方式來提醒他，如果只是吵來吵去，當弟弟的人會……」

「沒關係的，阿姨，我是這位哥哥的老公，不是他的親弟弟。」我的嘴角泛起淺淺的笑意，語氣平緩地解決這個騷動。我拿出筷子盒裡面的筷子，遞了一雙給對面的人，也放了一雙在自己的碗上面，直到基因惡狠狠地喊出我的名字，我這才豎起眉毛望過去。

「納十！」

「怎麼啦？」

基因偷瞄了一下滿臉困惑離去的老闆，接著又轉回來凶狠地瞪著我。「可以停止滿嘴老公、老婆了，在我拿筷子戳你之前。」

對方努力地擺出恐怖的樣子，但是不曉得為什麼反而變得很可愛。

「我們之間什麼也不是，你這樣子說別人會誤會。」

「哪有什麼誤會，不久之後就是了，先叫起來放。」

「哪裡來的自信？」

「基因先生曾經說過喜歡我，只要接受不就是了嗎？」

「你先去洗澡吧，毛巾也已經買了，我去開電腦工作一下。」

一回到家裡，個子比較嬌小的人指了一下臥室方向，接著從我手中拿走熟食以及生鮮蔬菜的袋子，走到廚房裡。

「還要繼續寫小說嗎？」

「不是、不是，只是要檢查一下白天所寫的內容而已。」

我點點頭，幫他把東西都收進冰箱，拿起新買的浴巾走進浴室裡面。

過了一會兒，我整理好自己走到外頭，看見熟悉的身影正坐在沙發上，他把常用的筆電從窗邊圓桌移到小小的矮桌上，縮著身體低頭專注地盯著明亮的螢幕，完全沒有發現到我就在附近。

一旦投入做某件事情就不在乎周遭的一切，這可真令人擔憂……

我緩緩地走過去在他旁邊坐下來，就連互相靠著都能感受到彼此的溫度，他還是沒有發覺。

過了將近一個鐘頭，基因才輕輕地開口問話——

「……十？為什麼坐在這裡？怎麼不進房間睡覺啊？」

當我從手機螢幕上抬起頭，才發現身旁這個人正困惑地看向這裡，我可以清楚地感受到他的擔憂。

我嘴上露出一抹微笑。「等基因先生啊。」

「為什麼要等……」對方嘟囔地抱怨，卻還是合上筆電起身，同時也拉著我的手臂一起站起來。「我要去洗澡了，外面要關燈了喔。」

「好。」

橘黃色的燈熄滅，客廳一片漆黑，比白天的時候要來得可怕，但是也很舒適寧靜。

一開始我以為基因會讓我忍受著寒冷睡在小沙發上面，結果竟然猜錯了，他反而是催促我趕緊進臥室的那個人。

既善良又可愛，我怕自己的心會……

「關燈嘍。」

他全身香噴噴地從浴室裡走出來之後，白皙的手拉開被子，然後鑽進另外一側躺下來。即便床沒有 King size 那麼大，但還是足夠在中間保留一些空間。

「禁止超過中線，假如擠過來小心被我踢下床。」

基因似乎是發現我的眼神，特意恐嚇我，我聽了之後裝出一副哀傷的模樣。

「不能抱在一起嗎？」

「如果你敢靠過來，我就去跟甌恩阿姨告狀。」

他一說完，床頭旁邊的電燈就被關了，眼前立刻陷入一片黑暗，外頭的燈光幾乎看不到。

過了一陣子，眼睛才開始適應黑暗，月光穿透薄薄的窗簾灑了進來，隱隱約約還能看到一切事物。窗戶的影子被拉得很長，看起來怪恐怖的，但是我竟然一點也不在意。

「十。」

「……嗯。」

「今天午休的時候，我夢到你小時候的事情。」

我的眉毛豎了起來。

「其實早就記不太清楚了，已經過了很多年了，但是有一件事情還記著，那個時候你生我的氣……」一說到這裡，原本背對我的基因轉過身來，那對圓滾滾的可愛眼眸，在黑暗中凝視著我。

聽著基因訴說我們小時候的事情，我也跟著露出笑容。

「你認為甌恩阿姨比較喜歡我，所以就生氣了，那個時候還不讓我去你的房間過夜，很孩子氣。」

「是嗎？」

「怎樣？現在記不起來了？」

「我只記得基因先生說過，想要跟我結婚住進我家。」

「啊？」對方張大了嘴。「什麼時候？不可能。」

「記不起來了嗎？」

「我會記不起來是因為根本沒這回事。」

「當然有，基因先生說，長大之後要當我的新娘。」

「第一次見到你的時候，我已經國小五年級了，不可能會說出那種荒謬的事情。」

「可以親你嗎？」

「哈？」

「現在。」

就在對方以一副不解又困惑的表情看著我的時候，我靠近他，伸手去拉住他放在乾淨床單上的一隻手臂，感覺到有些冰冷，因此直接用自己溫熱的手掌輕柔地四處搓揉。

最後我們的十指相扣。

我把臉靠近他的小臉，知道每次只要露出笑容凝視著他，就能讓他停止思考，我把嘴唇貼在他柔軟的嘴上。

就算基因就在這裡，但只要他的一切還不屬於我，還是會覺得無法放心……

數到十七

「所以說你真的沒有在生我的氣對嗎？」

「嗯，沒有生氣。」

「這是真的嗎？」

「嗯。」

「真的嗎？」

「真的——」

「嗯……聽到你這麼說我就放心了。就像我剛剛說的，我不是在辯解，我知道他家很有錢，但不曉得他有公寓或是那麼多的住處啊，除了飯店事業，家裡還從事房地產，所以才會以為是要出售的房子。」電話的另一端不停地解釋著，聲音聽起來既沉重又懊惱。「我從來沒有跟他家人談過話，只看過他哥哥一個人而已。」

「嗯。」我點點頭。

「我在猜，他偷偷跟我姊有什麼利益交換，我姊才會跑來告訴我，說房子都滿了。怎樣？這小子是不是很難搞？」

「很難搞。」

我看見螢幕裡面的達姆用力地拍著桌子。「對，看見了沒？我早就說過了！」

看他一副「我總算是擦亮眼睛了」的樣子，我忍不住翻了個白眼，達姆還繼續一針見血地強調，在這之前，我被披著好孩子外衣的納十蒙騙了，先前一直關照他到現在，事後才知道不是這麼一回事，但也換不回我付出的一切了……

我也跟著思考著，達姆說的也沒有錯，不然我怎麼會那麼輕易就原諒納十呢？

今天一早，我神清氣爽地醒了過來。自從納十過來住之後又經過兩天，我依然堅持不回公寓，而且打算趁自己頭腦清晰、能夠流暢地寫小說的時候，盡可能地寫下去，關閉很久的手機被重新啟動，但是還是沒有連上網路。

一直到今天，達姆又聯繫我一次——之前他其實有打電話給我，可是那個時候我正專注在小說上，所以沒有空跟他聊天——他讓我連上網際網路，接著直接打視訊電話過來，就只是為了把納十的事情發洩給我聽罷了。

先前我也跟他說過了，我並沒有在生氣，但是他還是很擔心的樣子。

「話說回來，你們的事情真他媽的像小說情節，從孩童時期就喜歡了耶，你把它寫成小說吧，但要小心收視率會不好，因為男主角真他媽的又賤又狡猾。」

「小說情節早就排得滿滿的了。」

「那你現在……接受我家孩子的愛意了嗎？」

「……」

「還沒啊？你不喜歡他嗎？」

「……」

「喂！不要轉開螢幕啊！害羞了嗎？」

達姆叫囂的聲音透過喇叭傳了過來，而我則是讓座位上的手機和鋪在陽臺的蓆子一樣，躺著面向天花板。

「喜歡就接受他吧，我不會笑你的。」

「我不知道。」

「不知道還是不想回答？」

「……」

「不要耍我家孩子啊。」

「耍什麼啊，在這之前一直都是你家孩子在耍我。」

「喔——」達姆那傢伙拉長了聲音，不停地點頭。「我懂你了。」

「懂什麼鬼東西？」

「你是想要報仇吧？還是怕再被他騙，所以等著觀察他的行為？」

「……」

「哼！不回答我也知道答案啦，這樣也好，我才能寄託你矯正一下他的個性。」

我再次拿起手機，因為想要看對方的表情。「矯正什麼個性？」

「讓他知道，雖然是因為想跟你住在一起才欺騙你，但是說謊就是說……」

「基因先生。」

正坐在陽臺邊木製椅上和達姆聊天的我嚇了一大跳，因為熟悉且低柔的嗓音突然間從後方響起。我別過身去看，才發現納十回來了，他穿著學生制服，放任衣角露在外頭，一隻手撐著門框站著，不過他帥氣的臉有半張隱藏在口罩下面，所以我並不確定他的嘴巴是不是在笑。

只看見他揚起了眉毛。「在做什麼呢？跟達姆哥在聊天嗎？」

「喔！嗯。」

「不會覺得很煩嗎？掛他電話過來吃飯比較好。」

「納十，臭小子！」達姆還在線上，所以能清楚地聽見聲音。「才剛拍完戲就說要回去，找我朋友的動作倒是很快嘛？」

納十瞥了不斷傳出聲響的手機一眼，接著毫不在乎地無視了，把手放在我頭上輕輕撫摸著。「餓了嗎？我有買食物回來，晚上才不用再開車出去。」

一被他這麼問，我瞬間感覺到飢餓。

「嗯。」我先是點點頭，又轉回去繼續望著手機螢幕。「達姆，我先去吃東西了，下次再聊吧。」

「啊，等一下，等一下啦，那你什麼時候才要回曼谷？」

「就快回去了，我再傳 Line 告訴你。」

我掛上他的電話，一起身，納十就立刻伸手抓著我走進屋裡，並關上身後的門。一開始我還不太習慣，最近達姆家的孩子是越來越喜歡動手動腳了。

當然一定會被我制止，但越是制止，他就越是會找理由不讓我這麼做，每一次都令人感到困惑。

「我買了油雞飯，基因先生喜歡這家對不對？」

「你怎麼會知道我喜歡吃這家？」

「如果是基因先生的事情，我全部都知道。」

「……」

我稍微眯起眼睛看著納十，但是對方不予理會，估計是我媽媽或是某個人告訴他的。

納十到底是怎麼問到的我也不曉得，先前他說他是從我媽那邊得知爺爺的木屋住址，那時我也沒有去過問更多的細節，不過我發現，媽媽沒有打電話來問我納十的事情；也就是說，這個狡猾的小鬼肯定是憑藉著說話的藝術去問到資訊，而且還沒有讓我媽發現之前我們一直住在一起。

我坐了下來，拿過一個保麗龍盒子準備挖起來吃。

「你不吃嗎？」

「我午休的時候在大學吃過了。」

「喔！」

我含糊地應了一聲，咀嚼食物的時候偷偷地瞄著坐在對面的人，看他先是把口罩往下拉了一些，接著把飲料靠在嘴脣上，看起來有一些不方便。

「那個。」

「嗯？」

「你先回家好不好？」

「……」

眼見對話無法繼續進行，怕會造成誤會，我趕緊說道：「你不是不喜歡黑板樹的味道嗎？回家裡睡比較好，為什麼要在這裡忍受這種臭味？」

「又不會怎麼樣。」

「說不定你又會拿來當藉口跟我擠著睡。」

「這個叫做擁抱。」

「今天晚上再發生我就踢扁你。」

我很清楚就算對十八號下逐客令，他也絕對不會離開這裡的，但是這棟房子只有一間臥室，客廳沒有空調，而且一到了晚上就會轉涼，所以我才願意讓他跟我一起睡。通常我醒來的時間比對方晚，因此不太清楚狀況，但是昨天半夜起來上廁所，我這才發現十八號緊緊地抱著我睡覺，把臉以及鼻子都埋在我的頭髮裡面。

起初還以為是被鬼壓床，嚇得全身僵硬，我作勢要推開他，那傢伙卻可憐兮兮地嫌棄外面味道太臭。我上完廁所回來很睏，很想要繼續睡，所以才會隨便他亂來，隔天一早很難得地先醒過來，卻發現還是保持著原來的姿勢……

我不認為納十想非禮我或者是吃我豆腐，如果他要做早就做了——反倒是我在喝醉的時候去非禮人家——但是納十不敢嘍，假如我跟甌恩阿姨告狀，這小子準被木棍伺候，像他小時候一樣，哼。

「為什麼要露出這麼可愛的表情？」

我原先在腦中不停地想像著納十的畫面，聞言隨即收斂起笑臉。

「哪有。」

對方迷人的雙眼看向我的臉，明目張膽地把視線停留在我的嘴上許久，我見狀緊閉著雙唇，伸手拿起一旁的水杯遮蔽。

這孩子真是越來越超過了。

「你還得去戲棚還有大學，為什麼要住在這裡？來來去去也只是徒增麻煩。」

「不麻煩，基因先生在哪裡我就在哪裡，僅此而已。」

「要不然明天一起回去吧。」

見納十表情轉為訝異，我繼續說道：「我剛好跟編輯約了要談事情。」

「好的，我都依基因先生為主。」

「不過……如果回去了，並不表示我會讓你繼續住在公寓裡面啊。」我猶豫了一下才說出這句話。

一開始會讓納十一起住，是因為我以為他沒有地方可以住，不過現在已經知道了不是這麼一回事，因此讓納十搬出去才是正確的。就算他說喜歡我，但我還沒有說我喜歡他，就這樣一起住也太奇怪了。此外……上次跟甌恩阿姨聊過之後，她曾說過不曉得她兒子搬到哪兒住了，有時候突然去拜訪，看他沒有住在原本房子裡，不免擔心起來。

「你可以回去自己的房子睡了。」

一聽完我的話，納十沉默了片刻，接著他揚起眉毛反問：「為什麼又要趕我走了呢？」

「沒有趕，要是你不回去住一下，會讓甌恩阿姨擔心的。」

「如果跟她說我跟基因先生住在一起就不成問題了。」

「不可以，為什麼要說？回去住自己的房子就好了，你的房子不僅寬敞，還有個人的浴缸。」

「OK，那麼基因先生搬過來跟我一起住吧。」

「不可能。」

「唔……」納十從喉嚨裡發出輕輕的聲音，似乎是對於我完全不答應他的提議有些懊惱。

「在這之前，你不是說過會等到我相信你為止嗎？」

一聽到我這麼說，這次換成他沉默了。經過了幾乎一分鐘之久，一直注意著納十表情的我，發現他輕嘆了一口氣。

「知道嗎……我完全不想跟基因先生分開。」

「就……嗯。那你就要當個好孩子，盡快讓我相信你。」

「好。等到那個時候，請緊緊地抱著我，然後還要大聲說喜歡我好嗎？」

我望著他的嘴角泛起一抹淡淡的笑容。

「嗯。」

隔天一大早，我們兩個人就回到了公寓。

因為我們各自都開了一輛車過來，所以納十必須自己開著那輛貴得要死的New Aston Martin Vantage，一抵達目的地，我沒有急著叫他整理行李搬出去，因為他早上得去上課，今天晚上再幫他一起整理也行。

過去的這四天並沒有太多改變，石頭跟出版社依舊在忙著書展企劃的事情，劇組也持續在進行拍攝的工作。達姆說沒有什麼特別，硬要說的話，也只有下個星期在 Paragon 舉辦的一場小型電視劇首次登臺活動。

另外還有一件事情……那就是我的第二本小說初稿已經完成了百分之八十，因此昨天就開始更新到網路上，今天得繼續更新下去。

就像我之前提到的，我沒有可以讓人追蹤的臉書粉絲專頁或是推特，但自從推特上有部分的小說粉絲得知了我的個人ＩＧ帳號之後，他們就開始追蹤我，現在追蹤我的人數幾乎增加到四位數。

既然都被知道我是作者了，我乾脆就讓臉皮厚一點，發布一張桌子上面放了一臺筆記型電腦以及咖啡杯和小花盆的照片，接著在內容的部分寫了一些有關自己最新一部小說的訊息。

nayma：基因哥～～～～～～～等一下點進去看，放一下自己的照片嘛，想看～

zBlingky：基因哥叫納十直播一下，他失蹤好幾天了，想念——

Ter044：看起來好像很美味，等出一整本書，再告訴大家喔。

JaYCC：基因哥～～在 Paragon 電視劇初次登臺的活動會一起出席嗎？

想要拍一張你跟小十弟弟的照片。

nubsib·t：等一下看喔。

全部的留言當中，約有百分之三十的人對我的小說感興趣，除此之外，不知道為什麼幾乎都在談論納十，這太令人不爽了。我很想要回覆留言，問誰是納十，卻看到了剛剛跳出來的一則留言。

我臉上瞬間躁熱起來……我寫的是BL小說，這個孩子為什麼要來留言讓我覺得很羞恥啊？

（回覆）Gene_1418：給我認真上課。

我輸入完這行訊息就跳出APP，接著關上筆記型電腦，靠著椅背，打開手機看起了電影。這是一部有關心理學以及特殊能力者的外國電視劇，我坐著幾乎要看完一整季了，這才起身去洗把臉，然後走到樓下去買了便當吃，才又懶洋洋地躺回來繼續看電視劇。

啾！

直到右臉被某個柔軟的東西壓了一下，發出聲音來，我才回過神。

一轉過頭就發現一張熟悉的帥臉，對方坐了下來，靠得很近。

「納十！」

我的手機差點就要掉在地上了，我立刻退開，狠狠地瞪著對方。都怪我把聲音開得太大聲，而且看得太入迷了，這孩子到底什麼時候開門走進來的我完全沒發現。

「吃過飯了沒？」

雖然我的表情有點不悅，卻還是心軟地回答：「吃了。」

「可愛。」

「……」

這傢伙到底想要從我身上得到什麼？說。

「那你呢？吃過了嗎？」

「中午的時候就吃過了。」

「累嗎？」

納十豎起眉毛，一副很訝異的神情。在搖頭的時候，原本掛在嘴角的淺笑好像加深了笑意。

「那就來收拾行李吧！等一下我也會幫忙。」

納十臉上的笑意瞬間消失無蹤，他轉了一下頭，伸手過來抓住我的臉，左邊推一下、右邊推一下。「好急躁喔，這麼想要我搬出去是嗎？哼？」

「哪有？就看你很閒的樣子，不趕一下，若是晚了你等一下開夜車比較危險。」

「也行，難得有人擔心我。」

厚實的大手先是抓住我的手，然後拉著我走到他的臥室。自從他搬進來的第一天曾進去幫他打掃清潔，之後就再也沒有進去過了。

納十的房間一點也不亂，似乎是因為他使用完物品之後都會放回原處，也不大會在房間裡面放擺設，物歸原處的好習慣讓房間看起來井然有序。

我感興趣地打量了一下四周環境，聞到了淡淡的清香。這是對方專屬的味道，我覺得很好聞，不曉得是芳香劑還是什麼的味道？一個不小心就開始邊聞邊找尋氣味的來源。

意識到自己失態之後，就轉過身看向一旁的人，見到納十站在房間角落不曉得笑了多久，我整張臉變得滾燙。

「啊……嗯，行李箱在哪裡？等一下我幫忙收。」

「在衣櫥裡面。」

納十拿出一個大行李箱，我也走到衣櫥的另外一側，打開來看，裡面滿滿的都是很適合納十風格的衣物，而且每一件都是很昂貴的名牌服飾，拿出來折的時候都要非常的小心翼翼。

衣服折了一半之後，我覺得太過安靜了，狐疑地轉過身去看納十。這一看，我整張臉都臭了起來，因為納十就站在靠近窗戶的櫃子附近，看起來很懶散，完全不認真。

「納十你是在摸什麼？過來收拾行李啊。」

「不用那麼急也可以吧？」

「你是在拖時間嗎？」

見我一副了然於心的模樣，納十笑了出來，那具高䠷的身材這才肯走到衣櫥這邊。原本以為他會開始整理，結果竟然繞過行李箱，走過來拉住我的手臂，就那樣把我扯到懷裡抱著。因為這個行為太過突然，我一撞到他強健的胸口還有腹部，整個人的重量就順勢壓在他身上。

納十看起來是故意不想扶著我，我們兩個人就這樣雙雙倒在床上。

「納十，你是在鬧哪樣？」

我趴在他身上，他昂貴的衣服全都掉在地上了，當我一轉身，腳就這麼不偏不倚地踩上去，這才撐起身體。「幹，你的衣服掉下去了，還被我踩到了。」

「沒關係的。」

「每一件都很昂貴，再洗過就……」

我話還沒有說完，納十就扣住我的手腕，稍微使力翻身，反過來壓在我的身上。我被拉來拉去的都愣住了，意識到這傢伙把臉埋在我頸窩時，整個人一動也不動地僵著。

「你……」

我聽見對方輕微地嘆氣聲，熱氣打在了皮膚上面，汗毛都豎起來了。

「真的不能住在一起嗎？」

「……」

「我想要跟基因先生一起住。」

「我也……等等，不行。」

真要命，因為發生得太過突然，我差點就心軟地脫口答應不該答應的事情。

納十點了點頭，眼神赤裸裸地望著我，那雙如同浩瀚宇宙一般的深黑色雙眸裡，複雜的情緒就好像是一個小小的暴風圈在環繞著。

「我懶得想念。」

「……」

「我不在的話，基因先生不會想我嗎？」

「不會。」

「嘴硬。」

他那抹微笑還有眼神好像看穿了我，使得我的臉有些躁熱。

「不然就……就那樣啊，想我就發訊息過來，很簡單吧。」

「這和直接看到本人的感覺不一樣。」納十說話的時候，臉又靠過來一點，他的額頭跟我的額頭靠在一起，他輕啟嘴唇，像是在呢喃一樣說了一些話。

「而且也沒辦法親你。」

這個妖孽！

「不然你就順道過來看一下，我又沒有禁止你來，你也知道我一直都在房間裡，什麼時候想過來都可以。」

「你確定嗎？」

「嗯啊。」

「這可是你說的喔。」

被他這麼一問，我也開始起疑心了。我稍微皺起了眉頭，望著近在咫尺的納十，自從我發現他是個狡猾的孩子之後，我就覺得每次跟他說話的時候都要特別小心謹慎，才不會事後吃虧。我想了想，讓他過來應該也不是什麼大問題，或許是我想太多了。

「你不是也知道密碼？上來的時候敲個門，我打開門就能見面啦。」我如是說：「這樣子你滿意了嗎？」

……至於要不要開門又是另外一回事了。

「唔……也無濟於事啊。」

我對著心不甘、情不願的納十翻了個白眼，看那個欠扁的樣子就想要輕輕地賞他幾拳，揍個一、兩下也好，但是我卻只是把手搭在對方的肩膀上面，把他推往旁邊推開。

納十倒是乖乖地退開，我很嚴肅地催促他趕緊把東西收拾好，這傢伙最後才願意動手幫忙。幸好納十的東西並不多，一只大型的行李箱剛好可以塞進全部的物品，不過他還剩一些搬到這邊之後才添購的私人物品，我只得拉出自己的小行李箱借給他使用。

一個多小時之後，納十住的這間臥室就全部清空了，環顧一下四周，總覺得有些寂寞，但最後還是選擇輕輕把門合上。

「我的預備鑰匙還有感應卡呢？」

站在大門旁邊的納十，盯著跟他伸手索討物品的我。

他把手伸進包包裡面拿出一個真皮錢包，抽出一張白色感應卡遞給我，接著是臥室的鑰匙。接過物品的時候，我沒有開口，一直到我們一起下樓，納十坐上那臺 Aston Martin 為止。

「到了之後通知我一下。」
「嗯。」
「小心開車喔。」
「嗯。」
「有什麼事情再發訊息給我。」
「基因先生。」
「嗯？」
「再說下去我就改變心意不走了喔。」
我愣了一下，放在駕駛座車門上的手隨即鬆開來。「ＯＫ，去吧，那再見了。」
「嗯，再見。」
那臺昂貴的名車緩緩地駛離停車場，站在走道上的我從旁邊小門走進大樓裡面。
直到車身逐漸駛離視線範圍，完全消失之後，我才轉身上樓走回自己的房間。
打開大門走進去後的第一秒鐘，伴隨而來的是一片寂靜，令再次回到這個屋子的我感到不大適應。雖然之前也有遇過納十不在家的情形，但是此一時、彼一時，那個時候知道納十過一下子就會回來了，但是這次不會了……我早就習慣有室友的日子了，喔不，應該是說習慣有納十的日子了。

輕微的嘆息聲從嘴邊吁了出來，我努力不讓自己太過胡思亂想，洗了個澡換上睡衣，跑到樓下去買便當解決一餐，接著又繼續坐著看電視劇看到第二季，直到……

nubsib 來電。

達姆家的臭小子撥了通 Line 電話過來。

我睜大眼睛，趕緊暫停電視劇，立刻按下接聽鍵。

「基因先生……」

「我讓你到了之後發 Line 訊息跟我說一聲，早過了一個世紀了。」

納十沉默半晌，似乎沒有預料到會被我炮轟。「抱歉，我在整理物品。」

「那整理好了沒？」

「嗯。」

「明天要上課嗎？」

「只有一堂課。」

「喔！那就快點洗澡睡覺吧。」

「先跟我聊一下，我想要跟基因先生說說話。」

「……我正在看電視劇。」

「我已經讀過你的小說了。」

「操！為什麼要讀？」

一聽見我的咆哮，電話另一端就傳出輕柔的笑聲：「為什麼啦……害羞？」

「我要掛電話了。」

嗶！

納十沒有掛電話，而是改撥視訊通話。

我把手機拉遠一點，從螢幕畫面看到了納十帥氣的臉龐。他露出淺笑，似乎是剛坐到床上，從他身上所穿的衣服來看，應該是洗完澡了。

一見到檯燈微弱的橘光，我就開始好奇地打量他的房間。十八號那昂貴的房子到底有多高級，我也想見識一下。

「來，轉過去給我看一下房間。」

「不可以。」

我瞬間雙眉緊蹙。「為什麼不可以？」

「等基因先生自己過來看。」

「現在先給我看一下。」

「如果先給你看就不會想來了，基因先生什麼時候要來我家都可以。」

呵，誘騙伎倆，我學聰明了。先聲明，就算知道是那個樣子，但是我也沒有拒絕，因為是真的想看。

「也行，改天我會去。」

談話的過程，我把放在大腿上的平板電腦移到床邊，翻身側躺，一隻手臂抱著柔軟的被子，另一隻手則是拿著手機與納十視訊。

「那你明天幾點要拍戲？」

「大約下午兩點左右，要過來嗎？」

「我跟編輯有約，可能來不及趕過去。」

「如果來得及，順道過來接我去學校吧。」

「New Aston Martin Vantage 2018。」

「……呵。」對方輕輕地笑了起來。

「好笑嗎？」

一看見我的臉，螢幕中露出笑容的納十，嘴角又翹得更高了。

我早上七點多就醒過來了。

清醒過來之後就舉起手機查看，發現竟然比鬧鐘設定的時間還要早了許多，不過由於我是睡眠時間不是很固定的人，所以並沒有太在意。

我的手機電量現在只剩下百分之十七，因為昨天晚上和某個小孩聊天聊到忘記充電，所以得找出行動電源備用。昨天晚上到底是什麼時候掛掉電話的，我完全不知情，我打開手機訊息回顧一下，語音通話的時間竟然長達四個小時。納十應該是看我睡著才掛上電話，看著對方最後留下的訊息，我不禁揚起嘴角。

nubsib：晚安嘍。

我只發送一張貼圖回應他，接著就進去浴室沐浴更衣，戴上隱形眼鏡之後隨即走出公寓。我連早餐都沒有吃，因為石頭已經事先和我約好了，說是會和編輯一邊談話一邊吃早餐。

出版社的位置相當遠，眼見一大早的主幹道相當壅塞，我乾脆直接開上高速公路，節省不少時間，花不了多久就到了。

「基因，跟布娃姊有約是嗎？直接去四號辦公室等吧。」

上來出版社租用的樓層之後，剛好碰到其中一位編輯走出來，對著某個方位通知我。

「謝謝，前輩，那石頭呢？」

「主管派他去印刷廠談一下事情，等一下就會過來了。」

我點了點頭，因為來過這邊好幾次了，和好幾位編輯有一定程度的認識，所以就直接走到房間裡面開燈、開冷氣，坐著閱讀一下書架上面的書籍，沒多久，大門就被推開了。

「基因，抱歉，姊剛剛在講電話，吃過東西了嗎？」

「還沒有，我和石頭有約。」

「OK，那就盡快談完才能早點去吃飯。」

布娃姊取出了一臺平板電腦，接著是我的初稿印刷文件。

「我有用紅筆標註，後方還加了說明，這個你拿回去看看。」

「OK。」

「然後就是……嗯？在哪呢？性愛的場景姊有說過好多了，不過都到這個地步了為什麼要砍掉呢，基因？」

「就……我想會不會放太多了，姊？」

「哪裡多？和上一部作品相差了八個章節耶，直接寫吧，不要把火澆熄了，難得寫得好多了，就寫下去吧。」

「等我回去再看一次好了。」

「嗯，就這樣，哪邊卡住了就發問，依然要美味可口喔，讓原本那個人繼續指導也行。」

「姊，沒沒沒沒沒沒有。」

「你知道嗎？看你這個樣子會令人覺得好像真有那麼一回事。」

「……」

「好啦，至於這個，是主管託我交給你的，可以直接帶回去了。」布娃姊拿出一只厚厚的布袋放在桌上，它撞擊到矮柚木桌的瞬間發出了很大的聲響，看樣子應該是相當的重。

口頭致謝過後，我打開來查看……果然不出我所料，又是BL的書籍。

布娃姊接著就去忙其他事情了，我則是沒什麼事，等待石頭的期間把每一本書都拿出來瀏覽。又是翻譯書，而且還不是我們出版社所發行的，應該是中國與日本的那些作品吧？當我發現裡面附了兩、三本同人誌時，瞪大雙眼，封面上有張開雙腿、重點部位腫大的圖片，看到我都覺得羞恥了。

坐著等了將近二十分鐘，那位好幾個星期沒有碰到面的笨蛋後輩，終於匆匆忙忙地用力推開門走向我，接著跳上來抱住我，害我跌靠在沙發上。

「基因哥——我真他媽的太想你了，帶我去找一下納十。」

「你到底是想念我還是納十？」

「當然是哥你啊！走，我們一起去吃飯吧。」

由於我的肚子苦等了許久，所以不想要去太遠的地方，簡單地挑選了對面大樓的一間披薩餐廳用餐。

我們邊吃邊聊，吃飽了之後，石頭看我不趕著去其他地方，就約我到出版社的書店坐著聊天，地點就位在大樓一樓。由於我們的出版社在讀者圈子裡相當有名氣，除了有獨立的攤位之外，還有對外直接販售新舊書籍的店面，價格比一般市面上販售的要來得更便宜。

書店的另一邊設置了幾張桌椅提供閱讀，大型書櫃陳列了一些樣書提供客戶試閱；除此之外，還可以從隔壁的店家購買咖啡以及蛋糕帶到書店裡坐著享用。

我立刻掏出錢來讓石頭去買蛋糕回來。

「所以說這次的書展哥有要去嗎？布娃姊約了嗎？」

「都還沒有提到這件事情呢。」

「是嗎？布娃姊說不定會再提一次吧？所以呢？要不要去？」

「不了。」

「粉絲們想要哥的簽名呢。」

「……」

「吼，都已經到這個地步了，不用害羞了吧？這樣一來，編輯才能籌備一個專欄並且訪問哥啊。」

「先看看再說。」

「又要再看看？說真的，若是下一個作品來得及……」

「不好意思打擾一下。」

我和石頭同時別過臉望向聲音來源，接著就看到一位身材嬌小、長相清秀可人的女孩，她穿了一套長版百褶裙的學生制服，雖然笑得很甜，但是表情有一些不好意思。

「基因哥。」

我拿著蛋糕湯匙的手停在半空中。「是？」

「可以幫我簽個名嗎？」

我把湯匙放在桌上，只覺得更困惑了，但是大概可以猜得出來，她應該是我的小說粉絲。至於石頭則是瞠目結舌地坐著，他還不曉得我有部分的照片在網路上流傳。

聽到那個女孩子這樣直奔主題的招呼，我猶豫不決地害羞了起來，開口請她把書拿給我簽名的時候，稍微低下頭；對方也很可愛地事先準備了原子筆，並且恭敬地打開要請我簽名的頁面。

我正準備要下筆的時候，手就這樣停在半空中。

「啊……這個。」

「雜誌？」石頭見狀也跟著喃喃自語。

沒看錯，這個女孩子遞過來給我的不是小說，而是一本知名的流行時尚雜誌，而且要讓我簽名的地方竟然還是納十的照片。納十的造型帥氣得不行，在右下角的位置已經有他的簽名了。

「拿錯本了嗎？」

「沒有拿錯。」見我一副傻乎乎的模樣，那孩子就扭扭捏捏地害羞了起來，她指著雜誌。「基因哥可以幫我簽個名嗎？就簽在納十親筆簽名的旁邊，這裡、這裡。」

「啊……」

為什麼我得簽在十八號的旁邊啊？而且這本也不是我的書呀？

我暗暗在心裡抱怨著，但最後在那孩子撒嬌的表情與甜美可愛的聲音攻勢之下，我心軟地下筆完成她的心願。對方拿回雜誌之後開心地咯咯笑，高興的表情全寫在臉上。

「呵——基因哥超可愛，想要跟哥握一下手，但是人家害羞。真的非常非常感謝你，基因哥的小說我今天沒有帶過來，所以錯失了這個機會，不過這本雜誌我一直帶在身上，下次要是有機會，我再帶小說給哥簽名吧。」

我只能尷尬地點頭微笑，那孩子雙手合十、模樣可愛地再次表達感謝之意，接著才轉身離去。

坐在我對面的石頭竟然叫住了對方。

「等等、等等，這位妹妹。」

「嗯？」

「納十的簽名妳是怎麼拿到的啊？哥也想要！」

我對石頭真他媽的無言以對耶！

「哦，我去X大學找朋友的時候恰巧碰上的，我跟他說，之後會拿去給基因哥一起簽名，納十就直接幫我簽名了。」

「……」

等到那個孩子走遠之後，石頭瞬間就黏上來握住我的雙手，眼神閃耀著光輝。

「基因哥，幫我簽一下雜誌。」

「免談！」

數到十八

下午兩點，我總算是回到公寓——在這之前，被發神經的石頭不斷糾纏著要簽名。我打開平板電腦花了一些時間處理小說，最後又躺回去追昨天看的電視劇，看來看去，一個不小心就在沙發上睡著了。

被調整成靜音的手機震動了起來，撞擊桌面的嘈雜聲把我從睡夢中吵醒。

nubsib：吃飯了沒？

我看著發送過來的訊息，接著瞄了一下時間，發現已經晚上八點了，看樣子是剛拍完戲吧？納十才會有時間發訊息給我。

Gene：還沒，不過正要去吃。

nubsib：今天晚上要來我家睡嗎？

這樣邀約是什麼意思？不懂……

Gene：不要。

我花了好長一段時間和納十發訊息鬥嘴，一直到對方叫我趕緊去吃飯才消停。

但實際上，我也正想著要見納十……

自從納十搬出去之後，我和他反而比較常用 Line 聊天，而且還聊了很久。平常我不是一個喜歡聊天的人，但是和納十聊竟然不覺得有什麼問題，像這樣聊天，一個人在房間裡的孤獨感就消失了。

解決了晚餐之後，我又再次回到筆電前，和未完成的小說繼續奮鬥。我的習慣是靈感來了就會寫很長，但是只要碰上心情低落就會閒置好幾個星期，現在剛好文思泉湧，所以持續地坐著打字，偶爾會起身到冰箱找東西吃，回過神來的時候發現天空又亮了。

一個不小心又熬夜到天亮。

儲存檔案之後，我吁了一大口氣，感覺到身體有點疲累，但是一想到今天的初稿趕出了七頁進度，就覺得很欣慰。我伸了一個懶腰，起身去打開熱水壺的開關，預計把肚子填飽之後，要好好的來補一下眠。
咖啡香氣四溢，我在吐司上面塗了一層像山一樣高的果醬，接著打開客廳旁邊的陽臺大門走出去，站著眺望市中心高樓大廈的景致，悠哉地啃咬著吐司，把咖啡喝得一滴也不剩。
泰國呀，就算是清晨也還是很熱。
「才吃這麼一點會飽嗎？」
「……！」
我嚇了好大一跳。
拿在手上的馬克杯掉了下來，眼角餘光卻看到一隻厚實的大手伸過來及時接住它。
「要小心一點喔。」
「納……納十？」
我左手邊的陽臺上，站著一個身材比例完美、穿著學生制服的高個子，正是我這陣子時常想起的人。
「你……」
「嗯，是我。」
我是不是因為缺乏睡眠導致視力模糊？像這樣帥氣、身材好又完美的人，正是納十本人，連聲音也是真的。

操！我又被納十耍了。

這棟大樓的公寓結構很類似，只有房間位置可能會面向不同方位，如果是我的公寓，臥室是被設計在右手邊，至於隔壁公寓的臥室則是在左手邊，就這樣交錯安排下去，所以有幾間公寓的陽臺會靠得特別的近。原本住在我隔壁的鄰居是一位將近四十歲的女人，職業是銀行主管，她也是一個人住，不過這兩、三年似乎不怎麼回來了，因為她結婚了，搬出去和先生一起住。

至於現在……

「為什麼……你怎麼會住到那間屋子裡面？」

「我跟別人買下來的。」

跟別人買下來的……跟別人買下來的，跟別人……買下來的……

這句話不停在我的腦袋裡盤旋，就像是站在山谷中央吶喊。我不敢置信地張大嘴巴，那位跟別人買下屋子的先生，正站在原地露出淺淺的微笑。

「瘋了嗎！太有錢了還是怎樣？這棟公寓的房子雖然不會很貴，但是也不會便宜到哪裡去。」我說話的聲音顫抖著，覺得非常心痛，一想到這小子拿錢出來浪費，隨隨便便就買了房子，我差點就要昏倒了。光是想像瓦特叔叔必須要幫這個兒子支付這麼大一筆費用，我差點就要代替叔叔拿木棍抽他。「你在付錢的時候不會覺得可惜嗎？至少要替父母設想啊！」

「不用擔心，這是我自己的錢。」

「幹！那你拿自己的錢這樣子花不會覺得更可惜嗎？」

「只要能離基因先生近一點……就不可惜。」

「但是我覺得可惜！如果早知道你會發神經去買我隔壁的房子，還不如直接跟我租房子！」

我就覺得奇怪，為什麼當時納十沒有糾纏我讓他繼續住下去？

「不然我再把這間房子賣掉好了。」

「都買了是在說什麼傻話啊，哈？」

見我吹鬍子瞪眼的模樣，納十輕輕地笑了起來。他往我的陽臺方向又更靠近了一些，接著伸出手，手裡還握著先前幫我接住的馬克杯。

看到這種情形，雖然我的臉還是很臭，卻還是移動身體過去接過杯子，結果又被他耍了第二次，因為納十突然彎下身來把嘴唇落在我的臉頰上。我反應過來之後，還沒來得及抬起手使勁地推開那張臉，對方就先躲開了。

這孩子真是……

「不會的，這間屋子我在很早以前就買下來了。」

「買下來很久了？什麼時候？」

「大概是……去年的時候嗎？」

「去年？」我的表情立刻轉變成疑惑，一瞬間豎起眉毛，但不到一分鐘又皺了起來。

去年？假如沒有記錯的話，納十去年才剛從國外回來讀大學呀。

「去年年中我就決定要過來這邊住了。」納十似乎是發現了我的不解，不疾不徐地以低沉又溫和的嗓音解釋給我聽：「不過碰巧先得知了基因先生的小說要拍成電視劇。」

比起一開始，我已經越來越瞭解納十的個性以及真實模樣，即便他才說到這裡，我也不難理解。

這個孩子的言下之意，就是說在去年年中的時候他就計畫要搬過來住了，但因為有機會能夠演出我的作品男主角，所以才會改變計畫，讓達姆帶過來住進我家……大概是這個意思。

這個投資也太大了吧！

先前滿一個月的時候請他搬出去，他一開始就不怎麼抵抗，原來是這個原因。

雖然納十能直接坦承讓我覺得有點開心，不過另一方面還是感到有些消沉，實在是非常想要痛快地伸手去抓亂已經梳好的頭髮。昨天晚上我內心深處承認自己因為納十不在身邊而感到寂寞，甚至還想過不用讓他搬走也沒關係，但是現在……

我沒有生氣，而是有點懊惱，為逝去的錢感到惋惜不已。

「你真是混蛋，臭小子。」我實在是忍不住了，得借用一下達姆常用的稱呼來叫他。

「嗯。」

見納十帶著淺笑、不痛不癢的表情，我又更加地懊惱了，絞盡腦汁想要報復眼前這個人，很想要激怒他一下，接著我的嘴角向上揚起。

「小十弟弟。」

「弟弟」這個詞的效果比想像中還要好。

納十的臉色瞬間大變，那雙銳利的雙眸往下瞇了起來，臉上的笑容也消失不見了。當然啦，他的笑容全跑到我臉上了，我滿意地喜笑顏開，衡量一下納十所在的位置絕對近不了我的身，而且他應該也不會想要爬陽臺跳過來這邊，因此我又重複喊了一次。這樣一來，也算是對之前發生的一切事情報了一箭之仇。

「忘記我說過的話了嗎？我說了，如果這麼稱呼可是會被親喔。」

「沒有忘記，但我就是要這樣叫。」

「想要被親為什麼不好好的說就好了呢？」

「小十弟弟。」

「第三次了喔。」

「又怎樣？去親達姆吧你！我不會笨到開門讓你進來的。」

納十除了露出淡淡的微笑之外沒有任何回覆，但是那個表情卻讓我的背脊一陣發麻。假如是之前的我或許不會起疑心，可是現在大腦卻發出了警訊，通知我快點思考。

我戒備地看著他那副表情好一會兒，接著想到某件事情之後就睜大雙眼，立刻快速地跑回屋裡。

我掏出錢包打開查看，然後拿出納十前天歸還的備用感應卡，厚厚的一張白色卡片，前面除了刻著公寓大樓名稱的小小字樣之外，背面的角落還刻著一串黑色數字。

1714。

這不是我的房號……

我的房號是 1713，至於 1714 是隔壁的公寓才對，納十那傢伙竟然把他自己的感應卡給了我。也就是說，在他還沒有把我公寓的感應卡歸還給我之前，什麼時候想要開門進來都可以。

「……」

我拿著潔淨亮白的感應卡，愣在原地好長一段時間。

「基因先生。」

溫柔又和緩的聲音從沒有關上的陽臺門傳了進來，嚇了我一大跳。一開始我還以為納十會拿著感應卡解開門鎖，直接走進我的房子裡，但是他沒有這麼做。

我緩緩地又走了回去，拉長脖子把臉探向陽臺，發現對方高䠷的身材依舊不動如山地站在原地。

「我搬到這裡住，不生我的氣吧？」

「……」

「我只是想要看到基因先生在身邊，這樣我才能比較放心，僅此而已。」

我沉默了下來，凝視著他的臉。他此刻的表情除了淺淺的微笑之外，望過來的目光既柔和又深邃，沒有其他情緒隱藏在裡頭。最後我慢慢地搖了搖頭，輕聲開口：

「沒有，其實……沒有生氣。」

我直到此刻才明白自己的心意，我同樣也想要讓納十陪在身邊。

「過來這邊一下。」

看著對方舉起厚實的手朝我招手，剛才的警戒心不曉得消失到哪裡去了，我忍不住靠過去。當我一碰到陽臺扶手，納十就把抬起來的那隻手輕輕地覆蓋在我手上。他把臉靠了過來，接著嘴唇輕柔地落在我的左臉頰上，使得我稍微頓了一下；當他換到右邊的時候，我才稍微比較習慣一些，從緊繃的狀態中放鬆下來。

「還沒有睡覺對嗎？我看你開燈開了一整晚。」

「嗯。」

「那趕快去睡覺比較好……祝你有個好夢。」

「嗯，晚安。」

我一直睡到下午五點才又醒過來，看天空還亮著就覺得好多了。即使早就習慣在晚上做事，但是如果醒來後發現天空已經黑了，就會感覺到日子過得太快。我坐在床上刷臉書、看了一下新聞，然後才下床梳洗沐浴。當我在鏡子前面忙著擦頭髮的時候，衣服都還沒穿上，大門的門鈴就先響了起來。

「在，來了。」

我眨了眨眼睛，隨手抓了一件褲子穿上，然後走去開門。

「……」

「納十？」

怎麼會是這個傢伙呀？

納十還是穿著跟早上一樣的制服，但是此刻的表情有一點不悅。「為什麼穿成這個樣子出來？」

「我怕按門鈴的人先走掉……」

「下次要先把衣服穿好了再過來。」

納十沒有經過我允許，高挺的身材就直接鑽進我的房子裡，我沒有多說些什麼。雖然對於他的出現還是有些疑惑，不過我還是選擇了先回到自己房間裡，把衣服還有眼鏡穿戴好了再說。

我沒有想到納十會過來，因為睡覺之前就已經看過他的臉了，原本以為來的是樓下的尼迪哥或是可以進出公寓大樓的清潔人員；而且其實我認為，納十會像之前住在這邊一樣，使用還沒有歸還的感應卡直接開門進來，可是他卻按了門鈴讓我出來迎接，這讓我很高興納十有顧慮到我的感受。

……假如一打開房門就發現他坐在客廳裡，我會衝上去把他打得落花流水。

「拍完了嗎？」

「嗯，下午四點就拍完了。」

「喔！」
「一起去吃飯吧。」
「好啊，去哪裡吃？」
「基因先生想要吃什麼呢？」
「我也不知道，還不太餓所以想不出來。要先出去逛逛嗎？想要吃什麼再進去吃。」
不論我提議什麼，納十都會聽從地點點頭。我請他先等一會兒，接著才走回房裡把眼鏡換成了隱形眼鏡。我只帶了一個錢包，沒有多說些什麼，但是很喜歡觀察我的納十似乎已經明白了，一走到樓下，他就直接按下遙控器打開昂貴的車門。
一坐進車子裡，我就發現了一隻上頭覆蓋著米色絲絨的小型塑膠熊，被擺在車子控制臺的前方，看起來很眼熟。這讓我不禁想起那天喝醉之後，第一次坐上納十的車子。
雖然和納十不太相配，不過它真的很可愛。
「又在調皮了，如果它掉下來，我會跟你收修復費用喔。」
「搞笑，才輕輕摸一下，怎麼可能會掉下來？你也太過擔心這隻小熊了吧？」我實在是忍不住不悅地說了幾句。

「基因先生，就連小熊也可以吃醋啊？」

「我才沒有在吃醋。」

神經。

見我一臉不高興的模樣，納十輕輕地笑出聲來，他在轉彎處轉動了方向盤，不再多說些什麼。

將近一個鐘頭之後，車子才停妥在附近百貨公司樓上的停車場。因為花了好一段時間塞在路上，原本不怎麼餓的肚子變得一直咕嚕咕嚕地叫個不停，但是當我們下車繞了一圈餐廳林立的樓層之後，我還是無法決定要選擇哪一間。

「我想吃 Suki（註2），可是也想吃披薩。」

納十豎起了眉毛。「有這麼想吃東西嗎？等一下會吃不完。」

「要不然你來選。」

納十稍微左顧右盼了一下，開口說道：「不然我們先到樓下買做 Suki 的食材，接著再上來買披薩回去吃好了。」

註2　火鍋的意思。分雞肉、海鮮、豬肉等幾種，加上各種蔬菜、雞蛋及粉絲煮過後，盛到碗上送給客人。

「要帶回去家裡吃呀？」

「如果你兩種都想要吃，就只能在家裡吃不是嗎？」

納十讓我覺得自己好像不小心說了什麼任性的話，不曉得是不是因為納十後來都順著我的意思才會變成這樣？可是一想到自己比人家大了五、六歲，竟然比他還要任性，令人完全無法接受呀。

「要不然……就在這邊吃吧。」

「沒關係的。」

「不不，就在這邊吃。」

就算我這麼說，納十還是毫不在意地把厚實的大手放在我背上，推著我往前走。

最後我們還是抵達樓下的超市，挑選一些製作 Suki 的食材回去。我不太會下廚，至於我們的王子納十也是半斤八兩，幸好 Suki 不是很難的一道食物，只要放下食材煮熟就完成了。

挑完鮮食之後，納十果真帶我去樓上買披薩，點完餐之後逕自付錢，這讓我又更不能接受了。

「下一次換我請你吃飯。」到了公寓停車場，一下車之後我就這麼說道。

「我沒有關係的。」

「我要請，什麼都可以，飯店頂樓餐廳也可以。」

「好的，好的，最可愛了。」

「是在諷刺我嗎？」

「哪有？我反而很高興基因先生邀請我去約會。」納十笑咪咪地說道。

「才不是！」

「腮幫子又鼓起來了。」

「那是我的事……啊！住手。」那張帥氣的臉突然彎下來靠得很近，我趕緊抬起一隻手阻擋。

他漂亮的嘴巴還有鼻子就貼在我的掌心上，都能感受到熱氣了。

「十、基因。」

「……！」我嚇了一大跳。

一道沙啞的男聲響起，使得我和納十一起停下動作。

某位穿著昂貴合身西裝男子就站在大門前，他表情很訝異地看向這裡，手上拿著手機。一看清楚那張很眼熟的帥氣臉蛋與往上梳理的髮型，我下巴差點就要掉下來了。

「一……一哥？」

甌恩阿姨的大兒子也正看向這裡，先是盯著納十的臉，再把視線移到我臉上，接著目光停留在我抬起來抵在納十臉上的手，一邊眉毛立刻翹得很高。

那個眼神讓我回過神，著急地把手收回來，移動一下身體，遠離那個與我靠在一起的渾小子。

「才剛從外面回來是嗎？打電話給你也不接。」

「有什麼事嗎？」

「沒有，媽想知道你最近過得怎麼樣，看你搬到這裡住，我才會順道過來看一下。」

「喔！」

「那麼……」一哥把注意力轉到我身上，見我正試圖要把納十的手從我腰上拉開。「你呢？基因，怎麼會跟納十住在一起？你們早就有聯繫了嗎？我都不知道這件事情。」

「房子……我的房子就在這裡啊，哥。我媽曾經提過位在市中心的房子，就是這裡呀。」

「在這裡？」一哥的表情很明顯地感到很吃驚，但一瞬間就消失了。

「喔！我明白了。」

「……」

明白了？明白得也太快了吧？

一哥又盯著我們好一陣子，我的表情很焦急，至於納十依舊保持淺淺的笑意。這位哥哥大人見狀，哈哈大笑，揚起嘴角搖了搖頭，對著自己的弟弟說道：「你還真的追到手了，別忘了好好的跟爸媽說說啊。」

「找一天我會帶基因先生回家，哥不用擔心。」

「也好。」

我雙眉緊蹙地看著這兩兄弟一來一往，最後我決定朝著一哥搖搖頭。「沒關係的，哥，如果要回家，我會自己回家，會順道過去拜訪甌恩阿姨還有瓦特叔叔。」

一哥對著我嘆了一口氣。

「好啦，如果要回來記得要跟我說一聲啊。」

「好。」我回覆道。

「ＯＫ，可以上去了，幹麼要站在這邊餵蚊子？」一哥示意地把臉轉向大門口。

「哥要在這邊過夜是嗎？」

「沒有，我要一起吃個飯，已經買好了不是嗎？」

「我們等一下要煮Suki喔。」

我帶著尷尬的微笑回覆道，我不太想和一哥一起併桌吃飯，不是因為小氣之類的原因，我只是怕他會發現我跟納十之間的事情罷了。

因此現在我有一點點急躁，眼神左右飄移，拿不定主意。我忽地感受到一直放在我腰上面的手又收緊了一些，納十低下頭在我耳邊呢喃——

「如果他說要留下來，那就很難趕走了，就讓他再留一下吧。」

「等一下啊，我才一個人，不會打擾到你們兩個人的，吃完飯坐著休息一下我就走了，我還有文件等著處理呢。」

一哥的表情似乎是啼笑皆非，所以我用手臂撞了納十一下，然後邀請一哥。

「沒事，沒事，說什麼打擾，我才不會趕你呢，一起吃飯吧。」

雖然我不是屋主，也不是出錢買食物的人。

我的屋子裡面沒有任何煮飯用具，我也不打算買來用，因為我自己不會做飯。

在百貨公司的時候，納十說他屋子有全部的用具，雖然他也不會使用；不過他付錢買房子的時候，拜託屋主先打理好一切才搬進來，結果人家也非常的照顧納十，各種家電用品一應俱全。

電磁爐被搬到了餐桌上，餐具也準備妥當，當我一邊坐著一邊涮食材吃的時候，本來以為會覺得很不自在，不過幸好一哥看起來不怎麼在意，或者是根本不想去知道，我也不清楚。

由於很久沒有見到一哥了，他就關切地詢問一下我的近況；至於納十，除了埋頭靜靜地吃東西還有幫我把食物撈到碗裡之外，完全沒有其他的動靜。

他非常光明正大地只對我好，我在桌子下輕輕地踢了他一下。

抓準一哥低頭吃東西的瞬間，我就靠近納十，與他交頭接耳地說道：

「十，你也幫一哥裝一些食物吧。」

「為什麼啊？一哥自己有手。」

「你就裝給他嘛。」

「……」

納十拿著筷子夾了幾片已經枯萎的白菜丟進湯裡面涮一涮，然後再放進一哥的碗裡。我不曉得是不是故意的，但是在撈的時候，他甚至完全不在乎他所夾的東西。

我無奈地扶著太陽穴。「媽的，你是故意的嗎？」

「怎麼了嗎？」

我白了他一眼，動手夾了其他食物給一哥，問題才能平息。

「為什麼不幫我也裝一些呢？」

「為什麼啊？你自己有手。」我拿他說過的話反駁回去，一看見那小子戲謔地淺笑，就知道他只是在逗著我玩，並不是認真地說話。

「抱歉啦。」

一哥的聲音讓我立刻從納十身邊拉開距離。

「我覺得好像有人在找我的碴，怪怪的。」

「唔，哪有什麼找碴不找碴的，哥。」

一哥嘆了一口氣，把我剛剛夾給他的食物放回我的碗裡面。「我不吃內臟，請你們互相夾給對方吧，不用虛情假意地關照我。」

「要打情罵俏就當作我不存在也行，我會安安靜靜地吃東西的。」

「我沒有虛情……」

「……！」

一哥的話害我被湯嗆到……

吃完飯後，所有的餐具都被丟在一邊，因為納十簡簡單單地說了一句會請清潔人員過來處理。我實在是懶得去要求這個王子過來一起幫忙洗碗，所以就隨便他了。

就在那個瞬間，達姆剛好打了通電話進來，似乎是工作上的事情，所以我打算迴避一下。

連接陽臺的玻璃門此刻被打開通風，讓食物的味道散去，輕薄的內層窗簾沒有收攏起來，被夜間的強風吹得飄揚，濃烈的香菸味飄了進來，那個倚靠在陽臺圍籬邊抽菸抒發情緒的人正是一哥。見狀，我有點躊躇不前，可最後我還是決定走出去站在他旁邊。

一哥稍微瞥了我一眼，深吸一口菸之後緩緩地吐出來，邊笑邊開口說道：「怎麼？已經不會害羞了嗎？」

我輕輕地咳了幾聲，沒有說什麼。

「十那小子跟你的事情，我早就知道了。十根本就沒有要隱瞞的意思。」

「……」

「已經在交往了嗎？」

「唔，還沒……」

「喔！那趕緊對我弟心軟一點啦，他等他的東西等很久了。」

「……」

一哥的話使得我的臉很紅，不禁陷入進退兩難的局面。

「什麼時候談好就回家一趟見我爸媽，我媽那麼疼愛你，她不會有意見的，而且還會很開心。趕緊結婚，她才能把你納為真正的兒子。」

聽了這番半認真、半玩笑的話之後，我不曉得該怎麼反應才好。

在這之前，我從來沒有想過這件事情，沒有想得那麼遠。

假如最後我跟納十真的成為了戀人，我們雙方的家人會怎麼說？

我爸會怎麼想？

一直以來我都解釋說，雖然我寫這類型的小說，但我實際上是個真正的男人，倘若另一半是個男人，而且那個人還是住在隔壁的弟弟……

納十的爸爸瓦特叔叔也是一樣，會怎麼想？

「不要想得太複雜。」見我一直沉默不語，一哥似乎是察覺到我的感受，因此語氣輕鬆地說了這麼一句話。

「……」

「我們的父母都是大人了，雖然我爸比較在乎家族名聲，但也不是什麼思想很保守的人，不然怎麼會答應讓納十去拍電視劇、當平面模特兒賺錢自己用呢？對吧？」

「……」

一哥把菸頭靠在攜帶式菸灰袋上輕彈一下。「但如果是事後才被發現，那就會變成大事。雖然大家都已經是大人了，但是父母尚在，有什麼事情還是得講一下，都走到這個地步了。」

「一哥你等一等，我和納十什麼關係都還不是啊。」

「嗯，知道，我只是先說，不過不久後就是了。納十是我的弟弟，我怎麼會不知道？」

「……」

「你逃不出他手掌心的。」

這個該死的一哥，差點又要害我嗆到了……

數到十九

「臭基因。可以醒來洗澡換衣服了，要來不及了。」

「嗯——」

我感覺到肩膀還有手臂被某個人用力地扯離柔軟溫暖的被窩，這個熟悉的聲音是達姆的，但是我睏到不想睜開眼睛。

我早上七點才睡啊……

「這個混蛋。」

達姆在我耳邊抱怨，他聽起來好像頗不高興，因為當他在拉我的時候，我全身像是沒有骨頭一樣癱軟著，不想撐起身體。

「你到底要不要去啊？都幾點了還不醒來？我說過了，就要來不及了。」

「去哪裡啊？」

「吼，就是在 Paragon 的電視劇首次登臺活動呀。」

我稍稍睜開有些乾澀的眼睛，映入眼簾的是達姆的鏡框與眼睛，他靠得很近，我想要躲開都沒有辦法。我就像所有剛甦醒的人一樣，聲音沙啞地開口說道：「不去，我早就跟他們說過了，他們也跟我說好了，會把和作者談話的時段拿掉，不過……你到底是怎麼上來的？」

達姆瞪著我。「還不是你這傢伙昨天晚上告訴我的，是想不起來嗎？我問你要去嗎？你就回說要去，我才說今天會順道過來接你，請納十叫你起來。你自己還說納十有你屋子的感應卡，可以直接開門進來。」

「什麼時候？你是在我寫小說的時候打來的嗎？」

「我怎麼會知道？你又沒有跟我說你在做什麼。」

「如果我一直嗯嗯、喔喔地敷衍你，你應該就要懷疑了吧？當我在寫小說的時候，有說過可以直接掛電話，我根本搞不清楚狀況——」我拉長了尾音，緊皺著眉頭，說完之後又倒回柔軟的被子上。「就這樣，我不去。」

「不去是什麼幹話啊？都讓我過來叫醒你了，怎麼可以不去？」

「為什麼我得去？我跟他們說過了，我不方便。」
「納十會去喔，你不去看你老公嗎？」
「是你老公吧？」
我心不在焉地嘟噥著，把臉埋在又軟又蓬鬆的被子裡，昏昏沉沉地想要繼續睡覺。
「這個死基因，在這之後有一個飯局，你自己說過要陪我一起去的。」
「……」
「臭基因。」
「……」
「基因——」
達姆把臉靠得很近，以非常尖銳的聲音喊著我的名字，尾音還拉得老長，我的耳膜都被震到在顫動，不得不轉過去面向那個傢伙，叫他離我遠一點，然後一臉不悅地把身體撐起來。正當我要開口說話，他就遞了一條浴巾過來給我。
我重重地嘆了一口氣，伸手接過浴巾，接著就走進浴室裡面。
最近我迷上一部外國電視劇，除了打開電腦趕初稿進度之外，一整天都在看電視劇。將每個星期更新一次的小說上傳好，並在推特上替小說標記一個新的標籤之後，我就沒有再確認其他訊息了。我知道一開始更新的時候因為集數比較少，讀者通常會等上一陣子才會陸陸續續地進來閱讀。

造成我晚睡的原因除了小說之外，電視劇也是一大原因……

當我皺著眉頭走出浴室，我以為會看到達姆擺架子地等在外頭，結果竟然是身材高䠷的納十，他的服裝與髮型都被整理好了。

「為什麼露出這種表情？」他語氣溫和地問道。

「要我怎麼樣啦？因為你的經紀人跑過來把我吵醒了啊。」

「吵？達姆哥不是說你們約好了嗎？」

「因為昨天比較晚睡。」

「很睏嗎？」

「很睏。」

「要繼續睡嗎？等一下我幫你跟達姆哥說。」

「沒關係，已經洗完澡了。」

「那結束之後再回來補眠吧。」

我無可奈何地點了點頭。「剛剛你在做造型嗎？」

「對，達姆哥把造型師帶來了，現在送到樓下去了。」

見我沒有繼續回覆，納十就把厚實的大手放在我頭上。

「肚子餓了嗎？」

「剛醒來，還不太餓，去 Paragon 再吃也行。」

我走到客廳時，達姆剛好打開大門走進來，他把感應卡還給納十，又說了好幾句話催促我，接著走來走去地準備東西，好像很忙碌的樣子。

我們一行人搭著車子前往目的地。

暹羅廣場附近幾乎一整天車子都很多，即便事先預留一些時間，但還是得不停地趕車。原本我很想睡，沒心情做任何事情，但在車子裡睡了一回後，身體的疲累感減輕了一些，慢慢地清醒過來。下車抵達活動的舞臺區域之後，甚至變得有一些興奮。

電視劇的觀眾群主打年輕族群，雖然已經小有名氣，但由於內容是同性戀相關，所以登臺活動並沒有安排得很隆重盛大。主辦單位利用兩邊出入口中間的位置作為活動地點，中型的舞臺非常顯眼，鋪著紅色地毯的地板並沒有擺放椅子，有幾位黑衣警衛看守著。現場沒有看到記者，只有一些娛樂新聞的工作人員而已。

我看到人群開始湧現了，大部分都是年輕女孩子，事先知道有這個活動的人，手上拿了一些牌子以及用來拍照的工具。

喀嚓！喀嚓！

我發現好幾個人舉起手機拍照，站在舞臺旁邊的我也被拍了進去。

「基因，你站到我的左邊，很想被拍照是嗎？」

「咦？喔！」

活動即將開始之前，納十與其他幾位重要角色被工作人員請到另外一邊，至於作者……在我拒絕上臺，但是又被達姆誘騙過來之後，就只能躲躲藏藏地站在一旁。

主持人開始訪問演員們有關劇本以及電視劇的相關訊息，我觀看了好一陣子；當主持人針對收到的小道消息消遣一下兩位男主角時，臺下不時傳來陣陣的尖叫聲。過了一段時間之後，才開放演員們走到臺下去，當他們在小型的氣球拱門下站定，粉絲們一下子全湧上來搶著要拍照。

首先是由納十和邇頤站在一起，接著他們又分開，各自站了一個定點，讓粉絲們可以上前聊天以及拍照。

「基因哥。」

我一個人靜靜地站在旁邊觀看，達姆已經走到不遠處跟某個人談話，突然聽見有人從臺下大聲叫著我的名字，我嚇得頓了一下。

有一位穿著制服的女高中生笑得很燦爛地向我招招手，令我不由自主地露出狐疑的表情。我先是望向包圍著納十的粉絲們，再把目光移到納十那張帥氣的臉上，對方就朝我露出淺淺的微笑。

「嗯？」

「可以跟你拍張照嗎？跟納十一起合照。」

跟納十一起合照？

我聽了，不曉得是要先擺出疑惑還是不解的表情。「唔，我剛好……」

「來吧！基因先生。」

我本來想要拒絕的，結果納十卻成了主動邀請的那一方。他擺出一副令圍繞著他的女孩們都無力招架的表情朝我招手，我的眉毛抽動了起來，這才心不甘、情不願地拖著腳步走到他旁邊。

為什麼我也得被拍照啊？我又不是明星啊……

「基因先生，笑得燦爛一點。」站在我旁邊的納十彎下身來，在我耳邊說悄悄話。

「我的笑容就只能這麼多了。」

「要是拍得不可愛怎麼辦？」

「我本來就不想要可愛啊。」

我眉頭深鎖，納十卻輕輕地笑了起來，他的表情跟眼神，令圍繞在他身邊的女孩子們又尖叫得更大聲了。

「基因哥，請……」

「抱歉，先這樣，我要去一趟洗手間。」我雙手合十地表示歉意，尷尬地笑一下之後，邁開步伐盡快躲到其他地方去。

舞臺前方的地毯是觀眾可以走進來的區域，但是舞臺兩旁以及後方有小小的圍籬阻隔，以及工作人員嚴守把關。我成功地躲進這個區塊之後鬆了一大口氣，轉過身一看，就發現身材高䠷的納十在人群中鶴立雞群，另一邊則是其他演員們，光看就替他們覺得累。

因為這是他們的工作，好幾位演員應該和納十一樣習慣了，或許適應了每個人的注視，可能早就成了厚臉皮的人了吧？可是我並非如此，因為寫小說的緣故，我比較喜歡安靜、人不多的地方。

不過自從我的照片被放上社群網站之後，我也變成了公眾人物，必須得一直站著讓粉絲們拍照。

「怎樣？要戴墨鏡、口罩遮蔽嗎？」

有一道聲音從我後方響起，我嚇了一跳，轉身才發現是達姆在消遣我。他雙手環胸，屁股靠坐於工作人員的桌子上，一副欠揍的表情。

「你是在找碴嗎？」

「我的朋友很有名嘛。說到這個，有興趣當明星嗎？要不要我幫你跟我姊說說？」

「你自己去當，白目。」

「啊，哪有什麼白目？我只是照實說，你這不是有基本的粉絲群了嗎？」

我揮開那傢伙把我臉頰捏得腫脹的手。「我會痛，你這個混蛋。」

「臭十不在，借我捏一下，想要捏一下名人呀。」達姆一說完又是一陣嘻笑，見我聽到「名人」這兩個字時的表情，他又繼續說道：「因為納十那小子跑去回你訊息，他的那群粉絲跑去追蹤你的ＩＧ之後，大家就看見納十這個肇事者幹的事了，你是沒看過嗎？」

「沒有，我不太常點進去看，最近我迷上看電視劇，怎麼了嗎？」

「有時候他會發一些你扶著陽臺的照片，也有一些你打開門走到陽臺刷牙的影片。現在大家都知道，你們住在同一棟公寓，房間還離得很近。」

我睜大了雙眼。「你說什麼？」

「認真問你，你是很喜歡在陽臺刷牙嗎？」

「完全沒有這回事！當時是納十叫我出去，媽的，我怕吵到其他鄰居，才走出去罵他。」

達姆神情嚴肅。「你們兩個人搬回去住在一起算了，才不會驚擾到其他鄰居。」

「那你要不要也一起來住？三個人。」

「千萬不要，如果不希望你朋友短命的話。」達姆故作驚恐地笑了起來，不過當我說會事後再跟納十談談，他就點頭表示同意。「嗯，也好。就算這件小事情不久就會被遺忘，而且大家認為你跟納十很要好的原因，是因為我們是朋友的關係；不過最近電視劇正夯，假如觀眾不喜歡看到你跟納十在一起，那個時候問題就大了。」

「嗯……」

我聽了之後只是含糊地回應一下，達姆應該知道我能夠理解。

自從我開始創作這類型的小說，就慢慢理解很多事情，還有觀眾喜歡的東西，像是螢幕情侶、腦補，和達姆說的螢幕配對那些意思是一樣的。電視劇會受到歡迎，有部分也是受到這些事情的影響。

「好啦。」達姆可能覺得我臉色不太對勁，放開原本抱在胸口上的手，伸過來在我的肩膀上拍了拍。「話說回來，今天晚上的小型宴請你會去吧？昨天晚上你答應過我的。」

「我想睡覺……」

「吼！才一下子而已，電視臺拿了一些經費請人籌辦的，Z飯店的會客廳耶。」

「你就跟納十去吧。」

「我是他的經紀人，電視臺的安排很難拒絕。」他一臉嚴肅地說道：「一定會有人湧上來和我談讓納十再替電視臺演出其他電視劇的事情，就算我說要看他的行程表，還要看納十的意願，不過我會非常累，假如你能一起去，我就能從中抽身，說要去找你，懂了吧。」

「你把我當成工具人是吧？」

「嗯，我承認，拜託讓我用一下嘛，朋友。」

「臉皮也太厚了，你這個小鋤頭。」

「畜生！你這個壓氣頰。」

「死達姆，這個外號是上個世紀的事情了，怎麼可以拿來罵人呢？成熟一點好不好。」

「是你先叫我的外號的，死基因，我早就拆掉牙套了好嗎？是沒有看到嗎？我的牙齒排列得這麼整齊漂亮。」

他把臉靠得很近，接著張大嘴巴露出門牙給我看，差點就要咬到我鼻子上了。我伸手推開他，用手掌不輕不重地在他的額頭上拍了一下。

達姆頓了一下，似乎是有些賭氣。看他的臉如此搞笑，原本還有一點點惱怒的我，不由得笑出聲來。最後我才跟他說，看我能不能撐得住，如果很唰那就幫不上忙了，他這才吞忍下這口氣，點了點頭。

我和他在舞臺旁邊站了一會兒，不過由於一大早就還沒有吃過什麼東西，肚子叫了好一段時間。我知會了達姆，要去買些簡單的食物墊墊肚子，等一下回來時，活動應該也結束了。

「別忘了發 Line 訊息跟臭十知會一下啊。」

「嗯，知道了。」

都是大人了，為什麼還要發 Line 告知啊……

我在心裡這麼想，拿出手機進入到綠色介面的APP。一想到為什麼像我這樣年紀大的人還得向一個孩子報告行蹤，臉就有點臭，但我明白納十只是在擔心我，所以還是很仔細地打字向他告知。

我在餐廳林立的樓層繞了一下，最後又走到樓下，為了去買一份麥當勞的漢堡來吃。

再度回到樓上時，原本站在前面的演員已經不見了，工作人員可能都把他們請到後臺了，不過主持人依舊盡忠職守地站在臺上。見狀，我決定轉身先去附近的洗手間一趟。

洗把臉後，我清醒了不少，冰涼的水接觸到皮膚也讓疲倦感消除一些。但是當我走到外面之後，腳步瞬間止住，我看見身軀嬌小的某個人倚在牆上。

他一轉過來看見我，就露出甜美的笑容。「基因哥好。」

「……」

「為什麼會一個人來洗手間呢？」

邇頤……

我靜靜地站在原地，沒有馬上回覆他，因為很訝異邇頤的笑容雖然和平時看起來沒兩樣，可是對方所表達出來的情緒並不是很友善，不曉得是不是我想太多了。

在這之前，邇頤因為納十的事情，很明顯地對我頗有微詞，不過納十說過已經和朋友講清楚了；然後接下來每一次只要我在拍攝現場碰巧與邇頤四目交接，他就只是沉默地望著我，不像以前一樣會很可愛地跟我說話。今天他突然笑著跟我打招呼，是要我怎麼裝作沒事啊？

「邇頤如果想要進洗手間請隨意，裡面沒人。」

「等一下啊。」

我正要離去，對方向前移動擋住我的去路。

「基因哥幹麼這麼急著走，我們已經很久沒有說話了。」

「……」

「我在推特上看到一堆基因哥的照片，可愛。」

「……？」

「和十已經交往了嗎？」說到這裡，邇頤漂亮的雙眸往下瞇了起來。

都說到這個分上了，邇頤很明顯並不是想要來上洗手間，他目的是為了找機會跟我說話——他看起來在吃我的醋。

我選擇禮貌性地對他微笑，先裝傻再說：「什麼交往？」

「竟然還在說這種話。」對方搖了搖頭，表情有一點不屑，樣子還有氣質完全不像是之前那個可愛又活潑的孩子。「這樣子問好了，基因哥喜歡十對嗎？」

我愣住了。

我們四目相交，邇頤緊盯著我的眼睛，接著就露出一副煩躁的表情，不高興地說道：「基因哥喜歡十。」

「如果哥……」

「哥一開始就知道我喜歡十了，結果哥還是喜歡十。」邇頤又再次脫口而出，表情很明顯地非常不悅，纖細的手臂抬起來環抱在胸前。「呵，竟然會這樣。」

「邇頤。」

猛然被炮轟，我一時之間反應不過來，最後我抬起手打斷對方的話，決定直白地說清楚：「哥知道你現在對哥不是很滿意，假如哥或你都喜歡納十，無論是哥會對你不滿，或是你對哥感到不滿，這都可以理解。但是你現在這麼做，哥覺得不太好，雖然你喜歡對方，可是如果納十不喜歡你，或是他喜歡上別人，你也必須去接受。」

「哼，這麼說是在教訓我是嗎？」

我的眉頭微蹙。「不是這個意思，哥沒有在教訓你，只是實話實說而已。」

「……哈？」

「這是一般人都會想到的事吧。」我稍微動了動手，再度補充一句，結果反而讓邇頤的臉更緊繃了。

「哥這是在說，我不要痴心妄想是嗎？」

「……」

「拐彎抹角地罵我是吧？」

給我等等……我到底哪裡說錯話了？為什麼這孩子看起來更生氣了？

從一開始他就用情緒性的字眼在說話，我也試著把自己的想法理性地解釋給他聽，結果邇頤聽完反而責怪我是在諷刺他。

「我本來以為基因哥是一個很真誠、可愛的人。」邇頤鮮紅欲滴的嘴唇扭曲地說道：「想不到也挺壞的。」

「也挺壞的」到底是什麼意思啊？我的眉毛抽動一下，因為被這樣罵，聽起來很奇怪。

「不過這樣也好。」瀰頤又圓又大的眼睛掃視了我整張臉，看了好一會兒，接著他的臉色又再次變了，朝我靠近一些。

瀰頤比我還要嬌小，似乎是想要和我在同一個高度對視，他才會試圖踮起腳尖，我們的鼻頭都快要碰在一起了。

「基因哥這麼愚蠢也好。」

聞言，我立刻瞪向對方。

即便我一直跟自己說，他還只是個孩子，千萬不要把他的態度還有他的話放在心上，不過我也是有尊嚴的。

我的年紀比他大，但是被他毫不留情面地責罵，我也開始覺得不高興了。

「瀰頤，要有點禮貌。」

但是瀰頤竟然笑了出來。「怎樣？發火了是嗎？不用跟我發火，因為像這樣子——」

「瀰頤。」

他清亮甜美的聲音還來不及說完話，突然被一道聲音叫住，欲出口的話立刻消失在嘴裡。

邇頤退了開來，他轉過頭去看向聲音的來源；當然啦！臭著臉站在一旁的我也轉了過去。

納十……

男廁沒什麼人過來，和女廁的情形不大一樣。此刻我們站在小小的轉角上，非常幸運的，並沒有被其他人撞見。

身材高眺的十八號還是穿著同一套衣服，他精明的雙眸查看一下我的情形，接著才把視線停留在他朋友身上。我原本想要開口，一見到他面無表情的模樣，就先打住。

邇頤稍微揚起眉毛，馬上堆起笑臉。「十，工作結束了嗎？」

邇頤再次戲劇性地轉變態度，讓我無言地把視線轉回他臉上，有一瞬間覺得很想要笑出來，但是下一秒又感到急躁。

等等，這一點我實在是非常的困惑。

「忘記我跟你說過的話了？」納十冷冷地問道。

「說過的事情？哦，沒有忘記喔。」

十八號快速地往前走了一步，不曉得為什麼，周圍的氣氛會變得這麼恐怖壓抑，就連我也不敢移動身體或者是開口說話，只能不解地望著這兩個人。

他們兩個人所說的事情，我聽了不是很明白，猜不出來到底是不是和我有關？

「不要做太多無謂的舉動。」

「這不是無謂的舉動，我認真的。」

身材高䠷勻稱的納十停在邇頤面前，我注意到當他看向邇頤的時候，對方也愣了一下，有一瞬間似乎是想要向後退開，可是最後卻裝出一副什麼都不知道的模樣。

至於納十則是微微地揚起嘴角，可是眼神卻完全不是那麼一回事。

邇頤依舊保持沉默，那雙小嘴抿起，圓滾滾的雙眼緊盯著納十，眼神所傳遞出的訊息我不是很懂，可能是傷心怨懟。我猜想，或許是和那天納十與邇頤出去吃飯的事情相關。

也有可能不是……可能比那件事情還要更複雜。這兩個人唸同一所大學，又是朋友，每天都可以碰面談話，假如他們之間有什麼更深一層的關係，那也並非不可能。

一想到這裡，我就煩躁地移動身體。

還沒有想好接下來該怎麼辦，我一回神，就發現面前的納十朝我伸出了厚實的大手。我先是看了一眼，再把視線移到他的雙眸上。

「一起回家吧，達姆哥在等著。」

「嗯。」

我毫不猶豫地伸出手，納十握緊我的手之後，輕輕地牽引我向外走去。因為我對邇頤剛才的言行感到相當不高興，所以我完全不想要回過頭去看他或是向他道別，我很樂意在他面前和納十表現得卿卿我我。

走出走廊，在大庭廣眾之下，我們的手自然而然地分開來。

我什麼話也沒有說，當我把視線瞥向納十的側臉時，發現對方雖然已經不再散發出恐怖的氛圍了，但他還是很明顯夾帶著不悅的情緒。

「基因先生。」

「十……嗯？」因為我們同時開口，我差點來不及改口。「怎樣？」

「以後離邇頤遠一點比較好。」

納十說出來的句子令我困惑地皺起眉頭。「為什麼？你們之間是有什麼問題嗎？」

「並沒有什麼問題，只是一些微不足道的事情。」

「跟我有關係？」

納十並沒有看向正在跟他對話的人——也就是我——我讀不懂他的臉色，直到聽見低沉溫和的聲音說道——

「對。」

「喔！那肯定是邇頤對我感到不滿了。」

「不是的。」

「什麼不是，在這之前他……」我話說了一半就戛然而止，總覺得拿這件事情來說嘴好像是在告狀，但一想到我要說的話是既定的事實，所以就試圖不帶著暴躁的情緒說下去：「說話的態度不太好，我不曉得他是不是在生氣還是怎樣。」

「所以我才會讓你離他遠一點，不要和他扯上關係。」

「要怎麼不和他扯上關係？我和他都還沒有把話說完。」

「我說已經結束了。」納十把手掌貼在我的背上，輕輕地推著我繼續往前走——因為剛才說話的時候不自覺地停下腳步了。

他皺著眉頭開口說道：「如果還是不懂，那個時候我會親自處理。」

「但這件事情跟我有關對吧？你不是也說了？那我之後再自己去跟他談好了。」

「不行。」

「為什麼不行？」納十立即出聲制止的行為，讓我既疑惑又不明不白，我側過身向後退了一步，接著豎起眉毛又問了一次：「是擔心我去罵你的朋友嗎？」

「我對那件事情不感興趣，我反而比較擔心基因先生。」

「哈？等一下，我已經是大人了耶，你不喜歡讓我叫你弟弟，我同樣也不喜歡被你當成小孩子擔心啊。」

納十陷入沉默，我們在一間名牌包包店前面停下腳步，這次他終於願意轉過頭來看著我，剛剛他可是只顧盯著前面。

「我會擔心，和基因先生年紀比我大或者已經是大人了沒有關係。」

「……」

「會擔心就是會擔心。」

「ＯＫ，那你說說會擔心我的理由是什麼？邇頤到底能對我怎麼樣？把我殺掉嗎？」

我坦承，此刻的我開始感到煩躁了，一想到納十不讓我和邇頤面對面地談話，到底是擔心我，還是不想要讓邇頤傷心；是不想要和朋友產生嫌隙，還是怕我鬥不過邇頤？真相是什麼我也不知道，我只知道這一切足夠讓我感到暴躁了，假如這件事情是因為我引起的，那我也有權利知道不是嗎？

「是因為邇頤對基因先生有興趣啊。」

「開什麼玩笑，他……」

「臭十、臭基因。」

我的聲音全被臭達姆尖銳的叫喊聲淹沒了，我和納十轉向那個氣喘吁吁跑向我們的人，對話就這樣被迫中止，但是緊張的氣氛依舊沒有緩和的跡象。

我很不高興，所以別過臉不再看向納十那邊。

「你們兩個是跑去哪裡，消失了那麼久？我等很久了耶，活動已經結束了。」

「抱歉。」我回覆道。

「你要去吃飯嗎？等一下就在這裡一起吃吧。」

「不了，我睏了，我要回去睡覺。」

「嗷。」達姆眨了眨眼睛。「那麼今晚的宴請……」

「抱歉，但是我睏了，想要睡覺。」

達姆聽了稍微嘆了口氣，他看了我一眼，又瞄向納十，可能察覺到發生了什麼異狀；但我已經壓抑著情緒試圖控制聲音，表情也是盡量隱藏住內心裡的煩躁了。

達姆沒有開口詢問或是多說些什麼，因為他知道不應該攪和進來，這是我從大學以來就很欣賞他的一點。

「好吧，沒關係，那下次還有機會再說。」

「嗯，你跟十一起去就好了。」

「我——」

「你必須去。」在納十開口之前，我就先打斷他的話，因為我很清楚他想要說什麼。「如果達姆都已經跟人家說了你會出席，怎麼可以臨時說不去呢？安排的人是電視臺，不去會造成問題。」

納十靜默不語，雙眸緊緊地盯著我，有一瞬間我轉過去看他，接著忍不住朝他暴躁地哼了一鼻子氣。即便如此，納十的聲音依舊一如既往低沉溫和：

「那麼你就在家裡等我吧，我會盡快回去跟你談。」

小情侶的採訪

達姆：我想訪問一下納十與基因，我們收到了一堆提問，那就開始吧！對方第一件讓你印象深刻的事是什麼？

基因：啊，就……簡單的回答喔，就是帥氣又時尚，十是那種安靜的人，所以看起來很有魅力。

達姆：嗯，長得帥的人真的很吃香，那麼基因對十來說呢？

十：可愛。

達姆：你的意思是什麼時候？在遴選室碰面的時候嗎？

十：不是，打從一出生開始。

達姆：好討厭。這個問題是我自己想的，對於狡猾的人有什麼想法？

基因：這種個性啊……

十：不需要回答。

達姆：認為自己最不擅長的事情是什麼？

十：〔想了非常久。〕

達姆：好，那就先讓基因回答這個問題吧。

基因：我想，我是做飯吧，比較厚臉皮的說法是，當我搬過來自己一個人住的時候，才剛學會開瓦斯。至於十，我可以幫他回答，這個天才非常不擅長畫畫。

十：……

達姆：那麼最擅長的事情呢？

十：應該是算術很快吧？

基因：不是我想炫耀，但是老師曾經誇我文件或是作文寫得很好，用字遣詞很優美。

達姆：這個問題是針對基因問的，曾經有那種驚喜的好運事蹟嗎？

基因：有一次想要把大鈔找開來，不過7－11離很遠，所以就買了隔壁攤位的彩券，結果竟然中獎了……

十：多少錢？

基因：也才中後兩碼，兩千塊。

達姆：那麼十你呢？

十：我曾經幫媽媽隨便挑選彩券，然後中了後三碼。

基因：這是在嚇唬誰啊？

達姆：喜歡哪一類型的人？

基因：從來沒有想過這個問題，只要是好人，可以合得來就好了。

達姆：〔望向納十那邊。〕

十：喜歡幫助別人，可愛卻不自知，年紀比我大，臉胖嘟嘟的。

達姆：你說的是我朋友，對吧？

數到十就親親你 2

作　　者／Wankling (วาฬกลิ้ง)
繪　　者／KAMUI 710
譯　　者／胡矇
榮譽發行人／黃鎮隆
總　經　理／陳君平
協　　理／洪琇菁
總　編　輯／呂尚燁
執行編輯／陳昭燕
美術監製／沙雲佩
美術編輯／陳又荻
國際版權／黃令歡、梁名儀
企劃宣傳／楊玉如、洪國瑋
文字校對／朱瑩倫
內文排版／謝青秀

國家圖書館出版品預行編目資料

數到十就親親你（二）/ Wankling (วาฬกลิ้ง) 作；胡矇譯．-- 1 版．-- 臺北市：城邦文化事業股份有限公司尖端出版：英屬蓋曼群島商家庭傳媒股份有限公司城邦分公司尖端出版發行，2021.10-
冊；　公分
譯自：นับสิบจะจูบ
ISBN 978-626-316-098-9（第 2 冊：平裝）

868.257　　110013868

出版／城邦文化事業股份有限公司　尖端出版
台北市 104 中山區民生東路二段 141 號 10 樓
電話：(02) 2500-7600　傳真：(02) 2500-2683
讀者服務信箱：7novels@mail2.spp.com.tw
發行／英屬蓋曼群島商家庭傳媒股份有限公司城邦分公司　尖端出版
台北市 104 中山區民生東路二段 141 號 10 樓
電話：(02) 2500-7600　傳真：(02) 2500-1979
劃撥專線：(03) 312-4212
戶名：英屬蓋曼群島商家庭傳媒（股）公司城邦分公司
劃撥帳號：50003021
※ 劃撥金額未滿 500 元，請加付掛號郵資 50 元
法律顧問／王子文律師　元禾法律事務所　台北市羅斯福路三段 37 號 15 樓

台灣地區總經銷／中彰投以北（含宜花東）　楨彥有限公司
電話：(02) 8919-3369　　傳真：(02) 8914-5524
雲嘉以南　威信圖書有限公司
（嘉義公司）電話：0800-028-028　　傳真：(05) 233-3863
（高雄公司）電話：0800-028-028　　傳真：(07) 373-0087
馬新地區總經銷／城邦（馬新）出版集團 Cite (M) Sdn Bhd
電話：603-9057-8822　　傳真：603-9057-6622
E-mail：cite@cite.com.my
香港地區總經銷／城邦（香港）出版集團 Cite (H.K.) Publishing Group Limited
電話：852-2508-6231　　傳真：852-2578-9337
E-mail：hkcite@biznetvigator.com

版　次／2021 年 10 月 1 版 1 刷　Printed in Taiwan